魚藤號列車長

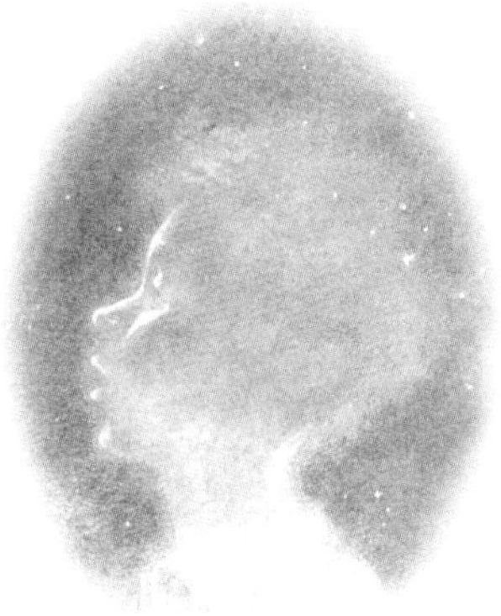

李潼⊙著

文學與情誼交融的生命（代序）

祝建太

如果人生是一部電影，李潼專心從事寫作的二十五年期間，是他生命中的黃金時段，也是影片中最精彩的部份。

李潼開始寫作起步較晚，約在一九七九年左右，那是在他思考、情感比較成熟穩定的時候；最初他以創作歌詞參加金韻獎比賽為寫作初探，〈雞園〉是第一首由李建復演唱發表的歌詞，接著〈橋〉、〈廟會〉、〈月琴〉、〈散場電影〉在民歌鼎盛時期陸續獲得發表，至今這些歌曲仍然膾炙人口；當然他歌詞的創作量是發表的好幾倍，因為歌詞要與作曲者配合，通過層層關卡，才有緣進入大眾視聽。

在歌詞創作上小小的成功，帶給他寫作的信心，在同時他也開始寫少年小說，〈見晴農場〉、〈天鷹翱翔〉……參加洪建全兒童文學獎徵文比賽，李潼在寫作初期就以比賽擂台的方式，幾乎很少落選，這也是他獎項能累積很多的原因。

李潼開始寫作時曾說：「我希望將來能著作等身，我要趕快寫，不然會來不及……」從此他的筆就像隻犁，在一格格如田地的稿紙上

■李潼在書房留影。

深耕，從來沒有停過，他總有寫不完的素材，文章的各種體例他都能寫，他說：「我的靈感就像水籠頭，打開就源源不絕……。」每次完成一篇作品，他刻意要把書的內容在腦中洗乾淨，因為要準備寫新的作品，他不斷嘗試新的內容、技法，他不會為了市場銷路，重複抄襲自己。寫作是他的天賦，從他發表的作品質量來看，他是勤勞如牛的筆耕者，他沒有辜負他的天賦。

李潼這一生或許有機會做別的工作，但他仍固執選擇了這條孤單不知掌聲何在的兒童文學之路，但近幾年來，喜歡看他作品的小讀者長大了，很多成了他的「書迷」給予回饋，可惜他無法繼續享受到讀者對他的寵愛，或許他來到世間是為了工作吧！

在他的生活中，除了寫作外還有相當多的文學活動，如參觀旅行、採訪報導、演講評審、參與策劃文學研習營……他沒有刻意做生涯規劃，大都跟著感覺走，一路走來也未偏離文學的主題。他對寫作充滿了能量與熱情，這種情緒也會感染與他共事的文友，大家產生革命似的情感，完成一場知性兼感性的文學饗宴，留下印象深刻的回憶。

《魚藤號列車長》是李潼在二〇〇四年往生前半年寫的最後一本少年小說。其實在治療癌症期間，知道自己的生死大限後，他就說不再寫長篇小說了，因為怕寫不完；但在化療針劑有不錯效果時，他卻日日振筆疾書，仍然開動了《魚藤號列車長》的寫作計畫。二〇〇四年十二月二十日李潼走後，這本厚厚一疊書稿很整齊的擺在書桌明顯地方，我看完才知，這是一本不一樣的書，為了回報朋友對他的情誼，為了向讀者說告別的機會，他把自己跟朋友寫入書中，這是完成他最後的心願吧！

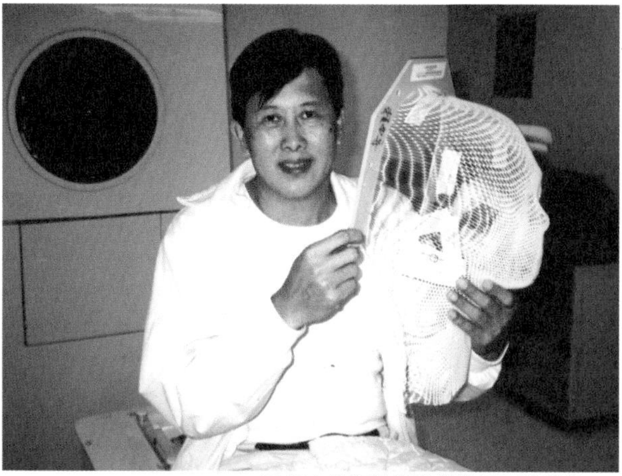
■病中做放射性治療前仍面帶微笑。

《魚藤號列車長》是以苗栗三義鯉魚村為背景，鯉魚村是好友童慶祥的故鄉，童家三合院的古厝是李潼常去的地方，李潼很喜歡那裡寧靜幽美的村落，他對那裡的環境很熟稔，曾在《源》雜誌做過很詳盡鯉魚村人文地理的報導。

這部小說中，他毫不猶豫把自己及好友寫入書中，寫阿翔牯與柳景元兄弟般的情感，柳景元的個性是「……聰慧、樂觀而無畏的生命特質，……他的火爆烈性和雷雨彩虹性情，」「他這款夜空五彩煙火綻放似的朗笑聲，他突如其來的爆笑，嚇人，也醒人耳目，又具感染力。」書中的柳景元十七歲因血癌春節大年初二離世，那時也正是李潼感受死神的雙翼在眼簾揮

■李潼與家人在龍騰斷橋前。

動，為自己做的預言；柳景元在做化療時「苦中作樂，含淚的微笑，」柳景元的告別式「肯定不愛人們為他哭泣，不愛看見誰為他的遠行傷痛落淚。」在〈莽撞的歡樂單車手驚魂記〉中，李潼用誇張搞笑又恐怖的方式談到死亡。

　　李潼的小說不容易看到作者的影子，而《魚藤號列車長》中的事件較貼近他的生活印象，在世間的生活總是歡樂中帶著哀傷，平靜中也有無常，擁有失落聚散交錯，故事中的角色夢幻俠薈姊、啞子伯、巧克力阿茲、漂泊者馬各、從小被抱養的阿信牯，在鯉魚長谷中他們的生活故事有

■李潼病中仍登上桃源谷。

趣又詩意地一段段呈現，在現實與夢想的遼闊邊界，在魚藤號列車要開出時，隧道中點亮上萬顆七彩燈泡那種夢幻歡樂的氣氛，正是李潼最喜歡的場景。

啟動後出發的魚藤號列車會發生什麼事情呢？病魔折騰李潼他不得不停筆了，心裡一直喃喃念著：我要把它寫完……。相信結局他應已有定見，但我卻慶幸它停在剛好的地方。我不知魚藤號列車會有什麼意外的結局，但它的未完成會給讀者更大想像的空間，或一些悵惘，

■魚藤號列車由此啟動。

或一場探索謎底的接力賽……其實我多麼希望李潼用低沉的嗓音繼續述說鯉魚長谷的故事，像一千零一夜故事永遠不停的說下去……。

目次

第一章　七彩燈泡點亮的魚藤號列車

我們在荒廢的老山線鐵道景山隧道口，垂掛了一副秋千架。粗蔴和木板都從隧道內倉庫間取材，牢實又堅固，鬍子馬各的編紮緊密，他神奇的美學手法，總能變幻出遊戲藝術。

秋千架懸盪在高大洞口，又配掛一條可收放的木繩梯，像太陽馬戲團表演的道具，簡單、夢幻又華麗。

鯉魚村的巴則海人族親，幫我們在隧道口的景山溪鐵橋懸掛十八組秋千架和木繩梯，他們每隔二十根枕木垂掛一組秋千架，相同的高度，離鐵橋下的景山溪青綠水面至少十二樓高。

秋千架一直都有沉靜中蓄積的喜樂，特別是一排十八組懸在鐵橋半空的秋千架，隱隱有冒險的狂歡，讓觀看者心生怯懦又充滿期待。我是這麼想的：不論誰上去晃盪它們，我翔牯和柳景元都會給予讚賞的歡呼，當他們是英雄，是最美麗的夢想家。

七節廢棄在隧道內的平板車，被我們改裝成魚藤號列車。每節平板車厚重但靈巧平滑，都安有一張秋千架的特別座，還能搭載十多名乘客。

誰敢來搭乘魚藤號列車？

這是柳景元來不及參加的歡樂節慶，這行走在現實和夢想邊界的活動，柳景元肯定來勁，比所有人更亢奮。

我眞希望他看見，老山線軌道所有荒廢隧道在今晚的燈火輝煌，他來不及認識的漂泊者鬍子馬各，爲我們和他自己點亮了生命隧道的燈火。

我眞想知道，柳景元去到哪裡？他過著啥生活？

⊙

魚藤號列車推滑出景山隧道，滑上十二樓深的景山溪鐵橋。

黃昏天光，褪消了火熱，依然亮燦。從半天高的鯉魚潭水庫壩頂吹過來的山風，帶著清涼水氣，魚藤號列車選在仲夏七月的黃昏通行啓用，再好不過。

經過一個月踏勘行走和試車，荒廢的景山溪鐵橋軌道，又在黃昏天光下回映光輝。平行的兩百米長軌道，從黯黑陰涼的隧道竄出，凌空跨越溪流，又伸進另一座隧道。這一路陡斜坡路，直直延伸去最高點的勝興車站，我們的魚藤號列車，能不能順利出發？能不能流暢行駛？有沒有足夠動力衝上陡坡？

該說我們有信心，可誰有把握呢？

魚藤號列車共七節車廂，鬍子馬各、夢幻俠薈姊、薩克斯風阿茲都到齊了，只不見失去蹤影的柳景元和小弟阿信牯。

鯉魚村的巴則海族親讓徐牧師和牧師娘帶領，也在景山溪鐵橋隧道口集合，他們將為魚藤號列車祈禱祝福，他們將出力護送魚藤號列車通過所有鐵橋和隧道，平安穿過魚藤坪，衝向坡頂的勝興車站。

我們在一九三五年關刀山地震掩埋的景山隧道老山洞的庫房找到兩千打燈泡，他們在沁涼乾爽的隧道深處，經過半世紀，居然都能通電發亮。老隧道內電源通暢，我和薈姊、阿茲測試這兩萬多顆大小不一的東芝燈泡，便足足測試了六天。

世界奇妙，隧道庫房留存的電線、燈座和插頭，都完好如新，它們整盒整箱的堆疊齊整，等待半世紀後的有心人來發現和取用。就連紅白黑綠的各色防水膠布，也成捆成串的排列成環狀，所有膠布的黏性一樣稠黏，圈繞裸露電線可以絕緣。

這些半世紀的日本工程人員留下的燈泡，我們統統用上，你可以想見兩萬多顆二十燭光、六十燭光和百燭光燈泡，在廢棄老山線各隧道和鐵橋的秋千架點亮的光景嗎？

漂泊者鬍子馬各把活動辦成這般燦爛光輝，藉活動招來沸揚的人潮，對他來我們村莊逃避追捕、隱居或戒酒，哪一點好？這對夢幻俠薈姊的精神穩定又有啥影響？至於撒克斯風高手的阿茲和我自己，又將如何？

我知道，柳景元看見這光景，他會給予最高讚美詞：「豈有此理！」然後震天大笑。

我想讓柳景元知道，這些他少見的朋友們，都懷念他，懷念他的聰慧、樂觀、幽默和積極無畏的生命特質，即使他的火爆烈性和雷雨彩虹性情，大家聽我說，也都笑開懷，都說好盼見。

我應該也讓柳景元知道，台北工專的入學錄取通知單寄到了，我考取全鯉魚村沒人知曉的礦冶系，將要跟奇形怪狀、成分奧妙的各種石頭爲伍。柳景元是喜歡石頭的人，他會撲過來抱緊我，爲我開心祝賀的。

⊙

鬍子馬各站在第七節車廂，高喊：「阿翔牯！你當列車長，站第一節車廂。」鬍子馬各的嗓音低沉渾厚又有吶喊的共鳴磁性。不管他的指令順不順耳，但聲音是動聽的。我正在轉變的嗓子，將來若能發出這種聲音，不知多好。

「阿翔牯，你當列車長，站第一節車廂！」鬍子馬各以爲我沒聽見，又喊了一次，叫聲在冰涼的景山隧道內迴繞，也流竄在景山溪山谷，好像容不得我不回應。

夢幻俠薈姊和薩克斯風阿茲，她們站在景山鐵橋橋頭「禁止通行」的告示牌前，笑盈盈，雙手向上招搖，像鼓動山風上揚的女巫，鼓勵我踏上第一節車廂。她們也像鯉魚村的巴則海族親新授派的長老，稍稍揮揙，就讓族親們興奮歡呼。

薈姊套穿一襲尼泊爾婦女傳統的寬鬆披掛衣衫，米白系列的手織棉布，是她去青康藏高原蒐集回來的服飾，她也不分寒暑都喜愛的輕便風格，不俗且帥氣。

阿茲學薈姊和鬍子馬各，居然蓄留了足夠頭髮，紮起小馬尾，她穿一襲連身的純白衣裙，長到腳踝，裙襬飄飄，她向我揮手的姿態，其實也像站在高高的舞台，向觀眾回禮致意的薩克斯風新秀，有著明日之星的自信喜悅和謙遜矜持。

我多麼希望柳景元能參加魚藤號列車通行啓用的慶典。

我多麼盼見阿信牯看到消息，從某個地方回來相認。

有柳景元在場，我會毫不考慮的跳上第一節車廂，假若阿信牯回來，我也會拉他一起上車。

愛熱鬧又從不羞怯的柳景元，肯定會在這種沒有頂篷、沒有沙發坐椅的列車上，狂笑呼叫，讓前來觀禮和幫贊的鯉魚村鄉親也受到感染，歡笑開懷。

初見的阿信牯呢？他還記得從景山溪鐵橋眺看鯉魚潭水庫壩頂的景致嗎？還記得牽手走過漆黑暗涼隧道的情景嗎？他還記得山腰桂竹林那隻蛇龜嗎？

阿信牯若認得我，他該會緩步向前，叫我一聲翔哥吧？

⊙

鬍子馬各不愧是有創意的文化藝術工作者，他是不老的中年頑童，是個讓人開啓心眼、擴張胸懷又令人迷惘的人。魚藤號列車即將開動，他將列車的電源接通了，七節簡易又牢固的平板車式的車廂，亮起了喜氣又有力的七彩燈泡，燈泡不閃爍，睜睜的亮在夕陽未落的景山溪鐵橋端頂，像華麗的雲霄飛車，又像歡樂無限的旋轉木馬通常的氣氛。

我們鯉魚村是客家人、河洛人和平埔族巴則海人共居的村落，交談語言多半是河洛話和普通漢語。基督長老教會的信徒，以巴則海人爲主，他們團結又熱心。假若沒有他們和牧師娘支持，魚藤號列車能不能從廢棄的景山隧道支線挖掘出來，鬍子馬各、夢幻女薈姊和薩克斯風阿茲會不會跟我們相遇，這都說不準。

這些人和這些事，在我即將結束的少年生涯中，究竟有多麼重要或沒影響，我也不清楚，只是回想起幾些年來的每件事和每個人，我就一頭熱烘烘，熱到耳根發燙、熱到眼眶也要發紅。

我獲得什麼，又失去了什麼？

不論如何算計，唯一可以算得精確的是，我在告別少年生涯的尾聲時，有了最精彩的一段人生。

不論如何，我都不後悔。

不後悔認識柳景元、不後悔發現漂泊者馬各，我也珍惜遇見來我們山村調養躁鬱症的薈姊，還有后里薩克斯風家族的阿茲。

我們將在魚藤號列車晃盪的秋千上，演奏各自的樂器：我的搖滾二胡和竹笛，鬍子馬各的手風琴和陶笛，薈姊的小提琴和口琴，還有阿茲的薩克斯風，合奏我們最愛的〈天賜歡樂〉。

若有柳景元的吉他和鈴鼓加入，我們演奏任何曲樂，都將更豐富多變，都更悅耳動聽。我和他的歌聲比不上鬍子馬各，若我們一齊在魚藤號列車權充列車長，高聲唱開來，與最末一節車廂的眞正列車長馬各對唱，我們在音量上，至少不遜色的。

我們放聲高歌那首〈蝶戀花〉，好聽哪，眞希望有飆歌的機會。

魚藤號列車的名字，是我取的，愛幫這個那個取名號的柳景元，不知會有啥意見。他是我見過最有主張、最有意見的人，可他也不瞎鬧，誰和他意見不同，只要能以理勸說，能說出個人情合理說法，他也能接受。

爲啥把七節一列的無篷頂、無護欄平台車以魚藤爲名？

魚藤是我們景山常見的野生植物，生命力強勁的攀藤。砸得扁碎後，流出乳白汁液，能昏迷大小魚蝦。它可是暫時迷昏水族類，半小時後，你不抓魚，牠們就恢復原狀。

所以說，魚藤不是毒藥，它是迷幻劑，只在某種時候對某種生物有效，據說有點像醉酒。鬍子馬各是酒醉經驗很豐富的人，他說那感覺還滿不錯的，腦筋清晰但四肢瘦軟，悲喜交集但沒有頭緒，通體舒暢但不能自主，夕陽或晨曦都失去意義，時間飛逝又像凝固靜止，那是現實和夢想最美麗又廣闊的邊界。

我希望搭坐魚藤號列車的人，也能有這種感覺。

我們鯉魚村長大的人，多半知道這個地理堪輿的傳說；盛產迷醉魚藤的坪頂，和我們鯉魚村和平共存。二十世紀初，日本人建造台灣縱貫鐵路，在魚藤坪造了大鐵橋（一九三五年震裂的龍騰斷橋），地理的魚藤乳汁流出來，迷醉了我們的鯉魚村的風水鯉魚，把我們村莊的人，迷得醉茫茫，幾十年都沒出現腦筋清楚的讀書人或做事有頭緒的體面人物。

天啊，我在去年參加三項考試，沒一項考得像樣，這和魚藤坪與鯉魚村的地理恩怨有關嗎？我這麼說，其實有點扯。

魚藤坪所在的龍騰鐵橋，不早在半個世紀前的關刀山大地震給震垮，它自己保不住，還能擠壓出什麼迷醉汁液，迷昏我們的鯉魚。

鬍子馬各喜歡這則地理勘輿的傳說，他說，這種俯瞰大地山水的看法，準不準、好不好，都不影響人們敬畏天地神妙和有趣的擬人、擬物想像。

鬍子馬各不認為魚藤號列車有何不妥。

夢幻俠薈姊和薩克斯風阿茲也覺得很好。

我真想知道，柳景元的意見是什麼，他若不喜歡魚藤號的名字，將為它再取個什麼？

第二章　心靈頻率和接收器

我在禾埕外的歪脖樹下蹺腿，看風光，養傷和準備考試。鯉魚村的四月，該算啥季節？

清早九點，天清光亮，風涼靜好。我們老夥房三合院後一簇簇油桐花，雪白銀輝，從山腰蔓蜒向上，再轉去景山，把它半個山壁的翠綠也撲粉搽霜似的染了白，像綠茶大蛋糕給撲撒細綿糖霜，說是好看或好吃都行。

我就是喜歡吃甜食，喜歡吃黏稠有勁的糍粑（麻糬）裹花生粉，喜歡吃一大碗甜孜孜的牛汶水，才會給燙傷一整條腿，熱滾滾、腫歪歪的一條右腿。

一大坨黏稠滾燙的糍粑，從手提電動攪拌機飛起，直追我到電源插座，沒等我拔掉插頭，它就這麼一大坨的黏著我的右腿肚，順帶又包裹到小腿骨來，像一道什麼特別料理，裹得紮實、包得密不透氣，以防走失風味。

就像被熱紅鐵漿淋著，一時又甩不開、撥不掉，我只能拚命跳、用力踹，把這一大坨足夠二十人享用的滾燙糍粑甩棄。

萬針鑽刺、岩漿熱流從右小腿往腳底沖下，又竄升回小腿盤繞。倘若柳景元在場，情況肯定好得多。

他會大叫：「翔哥，去禾埕。」

他長手長腳的一腳踢掉那把滿地攪和的手提攪拌機，飛奔到禾埕邊的湧泉池提一大桶冷水，對我受滾燙糍粑糾纏不放的右腿一陣澆潑。

在這款急難時刻，平日健談，愛隨機調侃的柳景元，反倒是異常冷靜。他會一潑再潑，直到那一大坨糍粑冷硬了，脫落了，把個雁門堂禾埕弄成水池。他在池裡走來走去，然後一溜煙跑去另個山腰的鯉魚國小，將那新來的護士小姐哄請來。

甜孜孜的牛汶水沒食到，先被熱滾滾的糍粑燙成重傷，這不是很好笑嗎？沒人笑得出來，誰笑，我就跟他有仇，或許景元會笑，可那在事後，事過好久的時候。

從鶯歌回來的月滿姊嚇傻了，扔了那把滿地攪和的手提攪拌機，拉我逃離廚房。手提攪拌機如被驚擾的尼羅河短嘴鱷，瘋狂甩尾打擊，見什麼就張口撕咬，在爐灶和柴堆和瓦斯筒間衝來撞去，讓它活力充沛的電線，忽然給甩脫了，它像一頭撞昏在河岸石壁的短嘴鱷，仰身張嘴不動。

這件事，完全不能怪罪月滿姊。

她知我離開后里，一個人回到鯉魚村上山下，準備第二次高中聯考。雁門堂的三合院老家，有個二十人份的大灶，我甘願一個人回老家做最後半年的衝刺，看不出阿叔（倨阿爸）放不放心，阿母和剛出嫁去鶯歌的月滿姊，總要掛意。

我，范翔，都要在五月十日滿十六歲了。

老家又不是異鄉外地，一個人回住家具齊全的三合院，我還不能打理食宿穿洗嗎？

雁門堂的電話拆斷後，不必再接通，可以討個清靜。這當然有些不便，可我一個人在老家讀書，會有啥緊急要事，眞想跟誰通訊，鯉魚國小川堂和山下雜貨鋪門口有公用電話，誰有急事通知我，也可託鯉魚長老教會駐堂的徐牧師轉告。

月滿姊來探望我，肯定也有阿母的意思。

阿母愛在燒飯和洗衣空檔，吟唱台灣歌謠或山歌小調，去到湖口，僅這不能放懷歌詠的拘束，就要讓她不能舒坦。

上山下的意思是半山腰，我們倚靠山麓的禾埕，頂天是一片寬廣，前望的一尾鯉魚形長谷和平整枕頭山，蒼綠起伏，也覺得沒遮無攔的空曠。

誰在這裡仰望或眺看，都可覺得看望有物又像無盡，就算在這裡隨口歌唱，也能感受有人聆聽又無人攪擾的暢快吧。

阿母知我自細漢愛食牛汶水，才特地交代月滿姊不嫌勞煩攜來壓實縮乾的粿粉，讓我們攪煮糍粑，做牛汶水。

稠黏有勁的雪白糍粑扭搓成大湯圓，拇指在湯圓壓個小窩，放進滾燙的薑汁紅糖水裡，再撒一把炒得脆熟的去膜花生。

好吃唷。

一只大陶碗，盛四粒糍粑大湯圓，熱乎乎、甜孜孜。老鄉親說這款甜食點心，像農忙過的水牛在水塘汶水泅泳，攪得塘底揚起陣陣淡褐土膏；那些疲憊的水牛，多半是輕緩屈腿、悠閒伸頸轉頭，這時，開山耕作的鄉親捧一碗牛汶水，慢慢哈氣享用，腸肚都暖了，心頭都順了，氣力也回來了。

⊙

我從「金元寶嬰靈事件」那女魔頭阿禧婆下咒的七七四十九天滿日後，才敢再搬回上山下老夥房。我每天讀書準備重考，打掃庭院，有點清閒，可誰規定，墾山歇工的壯丁才能享用牛汶水？

右腿被糍粑燙脫一層皮，紅咚咚、水淋淋，像油鍋撈起的紅燒豬腳，只差沒聞到氣味，僅僅給風拂過，都刺痛，風不來，更燒灼得可以感覺它一絲一毫迸裂的癢、痛和它的聲音。

月滿姊沒讓阿叔和老媽知曉我被糍粑燙傷的事。她嚇壞了，一直問說：「仰葛煞（怎麼辦）？」

這是清明掃墓後兩週的事。月滿姊當天急電三峽一位燒燙傷專家來上山下出診，之後，她每個禮拜六帶三帖草藥膏和繃帶回老夥房，看我換藥，觀察傷口。實在痛得要命，特別是平躺後下床或久坐後站起來，我幾乎可以聽見整隻右小腿綷綷綷的抽痛聲，還有一泡尿給抽搐的全身肌肉擠壓得要衝出來的洶洶湧湧。

我不能跟月滿姊去三峽求醫，也不想就近住去鶯歌，通勤看診換藥。月滿姊是自家姊姊，長住她家仍不便，若不需長住，只要幾次換藥就能復元，我寧可留在上山下老夥房靜養。痛，可我對自己的復元能力有信心。

勞苦了月滿姊，讓她每個禮拜從鶯歌搭電聯車到三義，再轉車次稀疏的客運車到鯉魚口，再步行半小時到上山下，四月的天光還不赤豔，鯉魚村長谷多半也有山風習習，月滿姊卻總疾走汗濕。她細細包裹七天要更換的草藥膏，好像稍慢一步，我的傷口就會發炎化膿，然後終身拄杖歪瘸。月滿姊總順帶些滷味小菜的紅燒豬蹄、豆乾和海帶，時又現炒薑絲大腸、鹹菜炒肚片或一大盤鹹辣夠味的乾絲魷魚炒芹菜，足夠我一個禮拜十天也吃不完。

可惜，柳景元走了，要不，這些傳統客家菜，他會吃得有滋味，吃得眉眼都笑開。特別有一次，月滿姊現做了樹薯粉皮的蒜泥肉圓，胖鼓鼓一粒粒蒸熟上桌，柳景元若沒走，他肯定不顧他人，找來剪刀對著嫩白透紅的肉圓十字切剪，澆淋甜辣醬汁，呼呼吃食起來。

月滿姊熟識他，當自家小弟，當離散多年的客家弟兄，甚至多一分縱寵偏愛。她看景元這般貪吃搶食，只會大笑：「還多著呢，別燙了舌頭，話都不會說了，連謝謝也說不出來。」

柳景元反應機靈，他會含混搶說承蒙你（謝謝），雙手卻始終沒停過。

這樣的柳景元，走去以後，月滿姊半句也不曾提過，像他是在空中消失的汽球，不知怎麼說起才有頭有尾。

月滿姊每次回上山下送藥探望，她走過禾埕駁坎下的墳場小路，繞過歪脖樹下，便呼叫：「阿翔牯，阿翔牯——」似乎要先聽我回應的聲息，先探測我元氣，再看腿傷復元狀況，才不會給平白驚嚇。

月滿姊自小謹慎客氣，事事項項含蓄內斂，對人總往好處想，受委屈也少張揚，更別說是譴責抱怨的話。對於傷悲無解的事，她總不提，就像走了的柳景元和三歲過繼而走失的阿信牯，月滿姊從不再說半句。

月滿姊幾次要找人將電話線接通，我這倒不想。

我眞想接通的訊息，電話是接不通的。

它們彷如在茫霧時空流竄，見不著，但存在，它們放射的心電頻率，只有特屬的接收器才能捕捉，它們又時時變換，稍一閃神，那樣的心電頻率便又飄浮去茫霧時空。

至少，這樣的訊息解讀，更只有一組成對的心靈，才能了然解釋了。這是柳景元在走去之前說過的。

最末不見的前一年，景元時常無端冒幾句怪異的話。他是讀書不少的人，下筆快易，說法更矯怪，不是很難懂，卻平常誰也不會這麼說。「心靈頻率和接收器」就是他說的。

他會不會給化學和放射線治療，治得腦筋也不平常？

我覺得，柳景元走了，但他總該給我個去處，給我一些訊息，讓我知曉他在那裡，他過得好嗎？

就像分讓給人家的阿信牯，都該十二歲了，他被帶離家的時候，這上山下禾埕的情景他會記得的。若記得，這九年來怎沒放射訊息。算算時間，阿信牯今年就要小學畢業。六級生多麼聰慧活潑，他若曉得回家看看，就會在禾埕外的這棵歪脖樹下見到我。

向來不糊塗的柳景元，若記得回來，如他從前一般健談又愛笑，也會在這裡找到我。

我將在親友都遷走了的雁門堂老夥房，過到考完聯考，過到整個夏天過去了。我可能到時要去遠地讀書，我要在這裡等，等他們回來，至少，等他們給我一個訊息，告訴我，他們去到哪裡？

我，這麼想，不知對不對，不知妥不妥當？

第三章　陰陽界秋千架

禾埕口這棵歪脖樹，阿叔說原本是一棵長在石縫邊的大葉雀榕，歪斜了樹根往上長，越長越活氣，枝葉都茂盛。

它日夜分秒地竄出根莖，居然像千斤頂，將原本倚靠的那塊大石頭頂得滾落下駁坎，就是擱在墳場小路口的那塊，柳景元每次來禾埕納涼總說要題刻「石敢當」的鎮路之寶。

歪脖樹在禾埕口，招鳥迎風、遮雨蔽日，有拱門的氣派，又有涼亭的寬容。它身型不如下駁坎那棵鳳凰樹挺拔高壯，不如鳳凰樹開花的華麗招搖，可它樹冠旺茂，葉片肥厚有料，自有它不容爭辯的理直氣壯。

在禾埕口歪脖樹下搭長板椅，是我的主意，在下駁坎墳場頂的鳳凰樹掛一對秋千，是柳景元想要的。

我們找來粗蔴吊繩、厚木板和釘錘，半個下午就把太師椅和一對秋千搭掛完成，用起來、看起來都好。

歪脖樹下的太師椅，是我們亂叫的，我們從來沒見過太師椅啥樣，反正聽來很氣派、很舒適又很重要的樣子，我們就這麼給它正式名號——歪脖樹太師椅。

這太師椅的位置是進得了廚房，出得了廳堂，它的視野可遠觀又可近看，厚實木板的長椅可供三人端坐，又可供一人平躺或側臥。太師椅外側以粗蔴繩編紮的扶欄，柳景元說是具浪漫的南洋風情，可憑欄沉思，又可依偎懷想，我看他根本胡扯，他懂啥南洋風情。

柳景元卻說他年輕的時候（就是小時候），在馬來西亞檳城住過半年。馬來人的高腳屋外沿，多半有這種憑靠的軟藤欄杆座椅，要納涼午睡或休閒用餐都行。

柳景元小我三個月，每次說他「年輕時候」，以爲多老啃，騙誰！可他還眞懂不少，能說旣浪漫又實際，有想法又有行動。他隨時隨地都能發表高論。我攀爬在鳳凰樹上掛秋千繩索，柳景元在樹下接應，他在打洞的木板穿梭掛繩，綁得咬牙切齒，還說：「像我們年輕人，知識不嫌多，常識不嫌少，見識豐富些，膽識強壯點，人就會生活得有個好樣了。」

柳景元說話多老！

他老忘了他小我三個月。

柳景元爲懸盪在鳳凰樹的這對秋千也取了名號——陰陽界秋千架。

好好的秋千架，他幹嘛取這種陰森森的名字？

柳景元大笑，他向來都是那種旁若無人的大笑，驚天動地的大笑：「這秋千盪出去，飛在一座座墳頭上，盪回來又在滿地的鳳凰花瓣上，它屬於哪裡都不是，只搖盪在陰陽界，飄浮在藍天和土地之間，懸掛在過去和現在的空隙，游走在現實和幻夢的邊界。」

柳景元看見任何人、發現任何事，總有說出一番道理，常常，我覺得不妥貼，卻一時無從辯駁，只能任他大笑，說到盡興，說得快意。

⊙

歪脖樹太師椅和陰陽界秋千架落成命名，是去年端午節前一天。家裡有些輕便物件已陸續搬去后里。

老媽在禾埕湧泉池畔縛粽。過兩天就搬家，縛什麼粽也不嫌麻煩。她在洗衣棚簷和玉蘭樹枝架上竹竿，穿繫了九掛粽索，說是三掛肉粽、三掛黃鹹粽和三掛客家粿粽。老媽洗了百來張青竹葉、黃竹葉和滑厚翠綠的月桃葉，攤晾在兩大盤竹簸。

月滿姊五月才做新娘，婆家忙過節，她不好回門幫忙。我和柳景元製作太師椅和秋千架，其實也有打發過節的喜慶和遷居的不安，擦擠出來的浮盪氣氛。禾埕內外的動靜，我們都清楚。

老媽縛粽的二線補給幫贊，我和柳景元跑得也勤快，搬長椅、端圓凳或瀝糯米，一樣沒遺漏。柳景元仗著身高一七四公分，體重七〇公斤的身材，將兩大盤鋪晾粽葉的竹簸，一把舉放到洗衣棚架上，老媽大笑：「景元哪，你把粽葉晾去半天高，誰拿得下來，阿翔牯再墊三塊磚頭也勾不到。天高風大，喲，你看粽葉飛散了。」

粽葉只能鋪晾在日照邊沿，靠光暈熱氣晾乾，免得曝曬得乾酥脆裂。柳景元甘願時時跑洗衣棚移動竹簸，也不肯將竹簸扛下。柳景元熱心腸的堅持作爲，老媽清楚：「景元是河洛人，卻有客家人的硬頸，是不是給阿翔牯染到？」

柳景元皮皮的笑，他眼明手快，反應機敏，打造太師椅和秋千架這樣的粗活難不了他，老媽在廚房炒拌的肉粽餡料才起鍋，他第一時間衝去廚房，將一大鍋香熟誘人的粽料端捧到禾埕，一路喊說：「燒肉粽——燒肉粽——第一好吃的燒肉粽！」他小碎步快跑，特地在禾埕繞一圈，粽香於是瀰漫禾埕，也該飄散在上山下整座山林，下駁坎的陰陽界秋千架外的墳場，也會浮游這人間節慶的氣味。

縛綁粽子的功夫太細膩，老媽不信我們做得來，不肯讓我們動手。柳景元從大鍋挖兩坨肉粽油飯，給我一坨，大口先嘗，老媽當柳景元是范家孩子，罵他：「乾脆一人捧一碗，吃飽算了。」她看我們跑進跑出，宛如看健康後生作亂，責罵的話語裡有更多的欣慰和縱容。特別是我，畢竟是穿過虎皮狗仔衣的人。這時，老媽也還不知柳景元的急性重症將要發作。老媽端坐我們端給她的長板椅，左取粽葉，右塡粽米，面對九大掛粽索，她神氣淸爽，不累，似乎也忘了過兩天搬家的煩瑣。她居然說：「你們要釘椅子，做秋千，那就綁得牢固實在，才能坐得久，盪得高，走路是一步一腳印，做事也是一支鐵鎚一把椅。粽子式樣多，各個都要縛緊，才耐得蒸透，耐得哺食。」

老媽要我和景元三種粽子都得好好吃，說是下個月參加三項考試，順順利利，包粽，包中。老媽在搬家前夕還這麼不嫌麻煩的包九掛氣派驚人的粽子，也可藉此分送村裡老莢友，做爲分手告別。

光是縛九掛粽子，就要花多少工夫。我慫恿老媽唱歌消遣，老媽不肯，說是包粽子唱歌不衛生、不專心。何況今年的粽別有意義，每一包縛都得誠意貫注。

阿叔規定不管誰人進了禾埕都得講客家話，執行非常嚴格。唯獨老媽在洗衣、晾衣唱的河洛民謠，他沒意見，或許他沒聽清楚，或許是老媽唱得婉轉動聽，他不好執行禁唱令。

我愛聽老媽清唱的河洛民謠〈蝶戀花〉，洪一峰在一九六三年的詞曲創作。老媽在收音機聽來，要我寫信去廣播電台索討歌詞，我當然記得，還會小唱一段：

紅紅花蕊當清香　春天百花欉
青翠花蕊定定紅　不驚野蜂弄
心愛哥哥你一人　花美永遠同

阮是忍耐風雨凍　歡迎你一人
白花開透送香味　文雅自然美
春天咱著放心開　鳥隻亂亂飛
阮是愛哥有情意　疼痛結相隨
戀花多情多是非　不甘來分開

愛情投合在心內　空中月也知
心心相印雙人愛　終身相感介
咱是甜蜜隨東西　遊賞咱世界
蝶戀花栽相等待　年久著原在

能唱歌、敢唱歌，眞是很幸福的能力。老媽在少女時代，是后里製糖會社的歌唱天后，音準、腔調和記性都好，而且愛唱又會唱，很多人納悶她身材嬌小，怎有那麼寬的肺活量和完全不必麥克風的清亮嗓子。

老媽縛的粽子，若加進她多情優美的歌聲，我在去年參加的三項考試，也許不會全軍覆沒吧。

⊙

柳景元的病，發作得太突然，憑他向來的身強體健和樂觀開朗，怎會有啥大不了的毛病藏在他體內？他自己不信，我們更不信。

柳景元是個怪人，才會住到我們鯉魚村上山下來。

柳景元的老爸是港龍航空座艙長，老媽是長榮航空的空中服務員，上海和台北都有家。

柳景元的阿公、阿嬤、外公、外婆和叔伯阿姨們，都歡迎他去寄宿就學，他偏偏選到當牧師娘的小姨這裡，住在鯉魚長老教會主日學學寮。

他從國中二年級轉過來，到底有沒打聽清楚，上學搭車要半小時，若沒趕上早晚各一班的客運車，就得風雨日曝的盤越山嶺踏青兩小時。這踏青可不是郊遊，柳景元卻說他喜歡，說這車程或山路，才讓不同班的我們認識。他喜歡鯉魚村，喜歡在這裡生活的每一天，在這裡的兩年半時光。

老媽知牧師娘不縛粽子過端午，靠教友主動奉獻。我家不信基督教，頂多是教友之友。

那天傍晚，第一籠肉粽起鍋，老媽要景元先提半掛回教堂，讓他阿姨和孩子趁熱嘗鮮。景元瞎鬧，不肯，偏要等另兩籠的澄黃鹹粽和花生粿粽起鍋，他才要各帶三粒回去。老媽笑盈盈，隨他鬧。向來，柳景元在我家穿堂入室，眞如走灶腳熟悉。老媽交代他做任何家務，他從不推拖，叫他吃這飮那，柳景元也來者不拒，統統應答好。要是我愛吃味，老媽看他像范家孩子般的疼惜，他奉親娘行事般的勤快，我都不是滋味了。

最奇特的是我家權威天王的阿叔（是我老爸，生身親爹，卻自小規定這麼稱喚他），看星期假日和放學後的柳景元在夥房內、禾埕外自由來去，隨興走動，從沒半句嘮叨。

阿叔看我們打造歪脖樹太師椅和陰陽界秋千架，他舉長帚掃了滿滿三畚箕雀榕落葉和艷紅鳳凰花，任我們趕場演出似的在禾埕裡外忙碌，說：「過兩天搬去后里，椅子和秋千誰坐？景元難道還天天來，天天來幫打掃，順帶一個人盪秋千？」

柳景元閒閒應答：「好！」語氣篤定，讓人笑得不知怎接話，他膽氣向來飽足，該說想說什麼，從不儉省，連我家權威天王的阿叔，他也敢回話：「搬家是搬家，該縛的粽子，該做的長椅和秋千都不能免，就像該掃的禾埕落葉，不掃就會滑倒。我們的長椅和秋千還有名號咧。」

搬遷去后里，當然是阿叔主張，他說了就算，沒和誰商量。

誰都曉得，老媽肯定不捨得上山下這幢老夥房。我知老媽比誰都眷愛這裡的山路鄉道，走來踏實；鯉魚長谷的水圳溪流和坎頂河壩，洗濯灌溉都方便。

沒人明白，變賣長谷肥田去后里換買坡地，好在哪裡？更沒人知曉，這急匆匆的說搬就搬，看的是什麼良辰吉日，老媽的意見，沒人睬，她眞是苦力的客家餔娘。

上山下老夥房，畢竟是老媽嫁來范家二十多年的所在，這處儘管偏郊不熱鬧，腳掌心走踏總慣習，塵煙往事裡的人事歡悲，不忍回顧，卻在在都是感情。

阿叔的決定，或許曾細索些時日了，可他冒然宣布，卻像臨時起意的郊遊，只要帶個水壺和幾包吃食乾糧，頂多加把傘，便可動身，而且，一家老小，不跟都不行。

⊙

去年七月的那三場考試，我和柳景元全軍覆沒，眞白吃了老媽費心縛綁的三種美味粽子，我們還吃得那麼好看，吃得那麼有信心。

柳景元同我報考高中聯考、五專聯考和師專招生考，他三項考試都來不及參加，都和排定的化學治療衝突，放棄。他吃的三種特製粽子，不知該怎麼算才叫準不準？有人想不通，我是全校第一名畢業的優等生，再怎麼大的陣仗，也不該如此失常。柳景元分析認爲，我考試失敗的原因有五：第一是考前大搬家影響我情緒；第二是他不明不白的發病影響我注意力；第三新家靠近后里馬場蚊蟲多，影響我睡眠品質；第四模擬測驗的題型太古板，影響我實力；第五是今年考生特多，影響我的錄取機會。

柳景元怕我難過，給我寬慰。可我明白，實力才是我最大的問題，缺少臨場應變能力是我的罩門，恍神胡想的緊張是我的弱點。柳景元說的五大原因，只能自我安慰。若我繼續這麼以爲，今年重考準又完蛋。

他發作的血癌，我該怎麼才讓他不難過，怎樣才能給他寬慰，我根本不懂，我不知該怎麼做。

就像我不想搬去后里，但阿叔的安排決定，我能表示意見嗎？我能反對，我敢不去嗎？我只有無奈。

柳景元卻說：「有用沒用都要說，有意見就要表達，沉默會讓人誤以為贊成。」

柳景元的個性太鮮明，他幾乎沒有什麼意見不敢說，沒人讓他害怕不安，也看不出什麼事讓他為難，至少，他都敢去試。

傍晚，柳景元拎粽子回教會。

我們合作完成的歪脖樹太師椅和陰陽界秋千架，牢固又好看，看著都開心。

我陪柳景元出禾埕，走過爬滿川七的迴轉坡，柳景元還說他老爸寄來一把張小泉剪髮刀，他要幫我試刀，剪個創意髮型。

在我們這裡，剪髮得去鯉魚口唯一理髮店，常常還得排隊。即便這樣，我哪敢讓柳景元做實驗。若剪失敗，剪亂剪壞，我怎麼出門考試？

在迴轉坡下談笑，柳景元忽然掏出他的懷錶，遞給我。兩年前，他搬來上山下，我第一天認識他，便看見這只懷錶。

怪異得很，怎有年輕人的口袋裡藏懷錶，時不時掏出來，彈開，看一眼，或就在他的超大手掌滾來轉去的把玩。

柳景元的懷錶錶蓋有兩匹配轡的馬頭，精細浮雕，圈圍在更細緻的牧草中，懷錶背後，又是鏤刻的雲紋和鳶尾花，黃銅色澤，澹澹含光，像傳說的歐洲貴族使用的時尚物件。

年輕人在我們這種山村配戴這款懷錶，怕是只有柳景元做得來。他卻自然得很，不在乎誰怎麼看、怎麼想，柳景元向來是這種性情，那天在迴轉坡下，他要將這只雙頭馬懷錶送給我。

我不敢收，無關它太精細昂貴或紀念價值，主要是納悶。

「小學一年級那年生日，媽帶我去看中元普渡大拜拜，送給我的禮物。快十年了，從沒快慢一分鐘。今年的考試對你很重要，它陪你進考場，當幸運符。」

既然這樣，他更需要幸運相伴。他的十年歲月時光，這只懷錶從不缺席，今年的各種聯考，它還要出席。

我不敢接受，不是我不喜歡。

柳景元把粽子提得晃盪，狀極輕鬆。五月節前夕的天光已長，六點的天色仍金亮光彩，棲息山林的晚風卻已下山來，從上山下迴轉坡到教堂這段落，頂多百米，途經國小校門、老教堂遺址和清幽的伯公廟，沒一處不妥。我看他走遠，才轉回家門的。

柳景元回教堂不久，發高燒，半粒粽子也沒吃，就這麼睡倒。牧師娘以爲他在外玩過頭，暑熱，或許感冒了，給他睡冰枕，灌溫開水，相信憑他高壯的體質，稍稍休息便好了。牧師娘也沒想到告訴我，直讓柳景元昏睡。

我和柳景元幾乎每天見面，那兩天，我家上下翻了一通，小物件和碗碟裝箱、衣服打包、家具打理擦洗，卡車還沒到，家已亂成一團。我沒看見柳景元。

阿叔不說暫時簡單搬一下就好，怎也像要全家搬空一樣？

這時我才知曉，這次臨時搬家有很多原因，其中之一是：有個詐騙集團，可能來尋仇，可能對我們家不利。我們得搬去后里避風頭，搬去的地點，還不能讓鄰里親友知曉，以免壞了計劃，可能又受恐嚇。

事情是這樣：

六月初，阿叔騎摩托車去聖王崎下找老朋友長海叔，遇見老、中、青兩男一女外來人，說是在崎下伯公廟下上方發現一斗甕金元寶，斗甕被掘破，那七十多枚雞蛋大的金元寶沾泥帶沙，仍金光閃閃。

這兩男一女陌生人推崇阿叔是鯉魚村老居民，應聽過這件藏寶事，請他去崎下伯公廟幫忙鑑定眞假，順便以在地人的方便，護送這七十多枚黃澄澄的金元寶下山，以免引起不必要的阻撓困擾。當然，這也是見者有份，可吃紅。

阿叔在我們鯉魚長谷各庄頭，以精明享譽多年。他自己也很以高等智慧而自負。有誰發現阿叔這項特長，必能獲得他高度的認同。那三人小組的外來客，阿叔觀察很仔細，一個個都難逃他銳利眼光的觀察判斷：矮狀水牛腰的蔡仔，膚色紅黑、穿黑平底功夫鞋，看來像首領，其實不是。另一個大頭小肩的高個子男人，兩手後甩像鴨子划水，是臨時客串的小角色、單幫客。最值得注意的是那個年近六十的女人，她才是這三人小組的主腦，這個叫阿禧的女騙徒，貌似忠厚，更適合扮豬吃老虎，她個頭矮小自有妖嬈，前排假牙鬆動，不過要對付水牛腰的蔡仔和那大頭小肩的洛卡（長腿）男人，照樣大小通吃。（扁臉女騙棍亮出身份證，取信阿叔，還說她是道地宜蘭人。）

阿叔透露：「這三個金光閃閃的金光黨，眼珠也不睜大點，打聽到我腦筋清楚、目色好，還敢來對我使金光手段！好，自動上門來，我反正閒著，看他們什麼把戲，變出來啊，誰騙誰！那個女的還要找個灰鬍子、綁辮子的男人，說躲在我們村裡。」

這支由矮小妖嬈又門牙鬆動的扁臉幕後主持的金光黨，請阿叔去長海叔家找來蔴布袋，由阿叔親手將七十八枚金元寶裝袋，再用他的本田一二五機車載運回上山下老夥房寄放。

這兩男一女金光黨共坐一輛本田汽車跟隨阿叔回家，他們將汽車停放在下駁坎的墳場小路邊，等阿叔取來農會的儲金存摺。這不是老套的騙術嗎？阿叔以鯉魚村第一精明的村民怎還眞的去提款？

「哼！我又不是憨得未耙癢的『巴嘎郎』（傻子），我只想親身經驗一下，親眼看這個扁臉婆女騙子變啥花樣，那兩個七爺、八爺（城隍廟內的范將軍、謝將軍）的男人，怎麼配合他使弄。」

但怎讓三個來路不明的金光黨知道我們老夥房所在，這樣好嗎？「他們知道夥房所在又怎樣，他們敢來綁架勒索、敢來咱茨作亂，那個上排假牙的扁臉婆敢給我看身份證，我怕她一個女人！」阿叔恨恨說：「扁臉婆的算術很好，她說爲著感謝我的鑑定和護送，這七十八枚金元寶，將送我三十九枚做答謝，另外三十九枚，他們三人均分，一人十三枚。但因爲暫寄在府上，他們手頭又有些不便，請以一枚金元寶一萬元便宜估價，能否暫借三十九萬元，改天領回半數金元寶時，再全數奉還。那個上排假牙鬆動的扁臉婆說得很誠懇、很古意老實。我呸！騙啥？來這套！」

阿叔的精神好、時間多、正義感和好奇心都充足，才會攜帶農會儲金存摺和印章，又騎他的本田機車，帶他們的藍色本田汽車去鯉魚口農會提款。

阿叔笑說：「那個扁臉婆和那兩個七爺、八爺的小角色，以爲賺到一攤了。他們以爲卅九萬押金眞鈔要到手了，他們歡喜得心臟病發作好了。尤其那染黃髮的扁臉婆，穿功夫鞋，滿口阿彌陀佛，什麼身心靈同修，說她是雷九男的信徒，雷九男是誰？怎又不拿身分證來給我看。還說我的肝不好，下回來領回暫存的金元寶，她要摘一包石蓮花給我清肝解毒，必要時，要幫我除妖祭煞，說她老母是有名的扶鸞青衣，她繼承衣鉢，功力精湛。」

既知這三人組是金光黨，阿叔幹麼順他們的腳本演下去。這風險若不大，也太無謂了。

阿叔拿著存摺和印章進農會，那扁臉婆和七爺、八爺金光黨三人組守在農會大門外，狡猾扁臉婆坐司機後座，以防監視器拍攝，那個水牛腰的蔡仔戴墨鏡，靠在門口，準備接領三十九萬元。「我一進農會，馬上跟櫃台小姐說，金光黨在門外，趕快幫我撥派出所電話，請巡邏警網馬上過來。那個櫃台小姐不知哪一庄出來的女孩、不知誰家的女兒、不知吃哪所在的米長大的丫頭，笨得這款！她居然大吼大叫：『主任，阿伯說要報警，有金光黨跟蹤他，就在我們農會門外，派出所的電話是幾號？』這女孩敲鑼打鼓喊捉賊，就算老鼠也要被她嚇跑，哎喲，這種行員是怎麼訓練出來的！」

阿叔整理搬家物件，還氣得摔東摔西，揚言要讓那小姐調離鯉魚口農會，至少把她調去搶案豐富的台中農會，臨場訓練半年再回來。

金光黨既然給嚇跑，就算了，我們在上山下老夥房住得安穩，幹麼配合他們搬家逃跑？

「金光黨三人組哪有嚇跑？他們開車回頭，直接來到我們上山下老夥房的禾埕，討回那一麻袋的七十八枚金元寶。」阿叔說：「那個兼有除妖祭煞功力的扁臉婆，不愧是三人組的首腦，她沒把農會報警失敗事件當一回事，直接衝來我們禾埕正中，拿出三件法器——劍、淨水瓶和搖鈴等我的中古本田回來報到。你老媽以為她是我請來的高手，還端茶敬奉她。這一身特異功能的扁臉婆拔下她的上排假牙，說她隨從的七爺、八爺那兩個男人，當年分別被蘇澳和花蓮來的女鬼糾纏，經她和老母合力收服才得以平安。現在，你們這一家，既然這麼不知好歹，還敢招警察陷害貴人，她就要做一點回報，招回范家早夭的四個嬰靈，讓范家去自作自受。七七四十九天內，你好好等著吧！」

阿叔想不通，這個來路不明的女金光黨，怎知道阿翔牯之前有三個早夭兄長，之後又有一個出生滿月就夭折的小弟。他看這個陰陽怪氣的扁臉婆一張缺牙的黑洞大嘴，不禁毛骨悚然，不想信，又不敢不信，懊惱不該引魔入室。

我聽阿叔講述這段不得不搬家避風頭的故事，恐怖又有趣，覺得那個缺牙魔女金光黨首領的扁臉婆，能讓天不怕、地不怕的鯉魚村第一精明的阿叔嚇到，她也不是普通簡單的女人。特別是她直接登門索回那七十八枚剛出土的金元寶，和作法招回范家嬰靈的特異功能。可惜我無緣親眼目睹，要不，我經過她站立的禾埕一角，肯定會更小心、更恭敬。

最惋惜的是這段精采故事，沒讓柳景元聆聽。他這人多愛聽故事、多會聽故事，他肯定還為這故事取個名字，比如「出土的金元寶和嬰靈」或「金光黨女魔頭的愛心」。我記得柳景元說過，這種恐怖又好笑的故事，叫做黑色幽默大鬧劇，是很有味道、很需要下功夫編派的劇情。

好笑嗎?若不害我們沒事搬家避風頭，還好，若沒那七七四十九天的魔咒，也還好，若那女魔頭扁臉婆不知我家，而精明的阿叔完全掌握他們三人組的住處和行蹤，事情恐怕真有點幽默。可惜，不是。

我無緣的范家四兄弟，畢竟是我們忠厚的范家後生子弟，他們怎會受女魔頭扁臉婆指使而作亂?他們該神明淸楚，去找她們母女討公道，讓她們自作自受的不得安寧才對。

阿叔怕啥?他說事情演變得有點玄奇，趨吉避凶，能避開暫閃讓，好漢不吃眼前虧，再說，這也不過是七七四十九天的風頭。精明幹練的阿叔，說他從來不惹禍，這個金元寶引發的事件，真不知該算誰的帳。

我和老媽都不敢講。

假若，柳景元勤快一點，主動來幫我家整理物件、打理搬家的瑣碎事，以他爽朗無畏的性情，他會發表啥意見。我猜不準他的說詞，反正肯定很勁爆、很精彩的一針見血言論，而且也會很公道，眞想聽我阿叔怎麼說。

直到卡車跑來三趟，將一些我認爲該搬和暫時可不搬動的物件統統搬走，柳景元仍沒出現。

我心中懸念，有些納悶又有點惱火。柳景元怎這麼不夠意思，平常沒事在我家穿進鑽出，走禾埕比走他住的主日學寄宿學舍還頻繁。現在，我家大搬遷忙碌，他竟連三天沒露臉，這種相互幫贊的事，還得我提出要求、邀請或懇請嗎？平日親近如弟兄，像我們范家的人，有工作分擔便閃一邊涼快去，這算什麼？

我當然也可以到教堂找他，說他一頓，但那更沒意思，好像我氣量小，一點小事便找人計較，我家上下裡外也忙著，抽身去說這種事，老媽怎同意？

坦白說，我始終沒去找柳景元，多半是賭氣的成分。我心中不爽快：這個人好逸惡勞，有福要分享，有勞動便走人。

我眞的不知，柳景元在五月節當天早上被救護車載去台中檢驗。我眞的不知，徐牧師和牧師娘曾受柳景元交代，有話轉告我。我眞的不知，柳景元也被轉送去台北和信治癌中心醫院，我家神祕搬遷，阿叔不讓村裡親友知曉我們行蹤，至少在那金光黨女魔頭阿蓎婆下咒的七七四十九天內，不准對誰透露訊息。

在柳景元最需要朋友安慰和作伴時候，我理也沒理他一下。聽牧師娘說，他在病床時常問起我，卻毫無消息。眞正薄情寡義的人是誰？

我實在太孩子氣，國中畢業生的少年，居然做出這種使性子的事。我知道鯉魚村長老教會電話，卻一通電話也不曾問候，讓柳景元在生死關頭以爲我如空氣般消失，沒有訊息，沒有聞問。

我還好意思在心裡對自己說，柳景元是比我親弟兄更親的人。他的生死關頭，比起我們的搬遷時刻，我還賭氣地跟他計較。我眞的不知，不知怎樣才能原諒自己。

現在，柳景元走了，他在春節大年初二走了。我不知他去了哪裡？他過得好嗎？

第四章　何方來的漂泊者往何處去

幾次，我在鳳凰樹的陰陽界秋千架閒閒擺盪，總聽見手風琴或陶笛的音響，輕細又縹緲，是一種若有似無的清晰。

我喃喃背誦英文單字：congratulation 恭喜 congratulation 恭喜 possible 可能 possible 可能 story 故事 story 故事 swing 秋千，swing 秋千……

在鳳凰樹下盪秋千，向來不缺風，不少各種方向的清風。手風琴和陶笛的音樂聲響，也這麼隨風飄來。

涼風，從水庫大壩陣陣吹來；有鐵道氣味的風，從景山鐵橋迴旋過來；帶著淡香的風，從油桐花茂密開放的枕頭山傳來；落山風，從老夥房背脊的關刀山五櫃坪凌空降下。

我默默背誦英文單字，有這樣的風陪伴，若再記不牢，活該。

同時，我分辨好聽琴音的方位，眞想知道它吹奏的曲名。

我更想知道這琴手是誰，有這般優雅興致在淸早七點，下午兩點和傍晚七點準時演奏，就像老山線火車昔日行駛的笛聲，大致是準時的。這人是誰？

我愛招風的秋千，擺盪或靜止都愛。

我雙腳輕蹬，仰身晃在幾十座靑塚的墳場頂上，graveyard 墳地 graveyard 墳地。我微微傾身，秋千盪回駁坎下庫房屋頂上，storehouse 倉庫 storehouse 倉庫 housetop 屋頂 housetop 屋頂 ocarina 陶笛 ocarina 陶笛 accordion 手風琴 accordion 手風琴。

我忍耐著，直到十天後，腿傷不再咻咻抽痛，燙糊的腳踝不再滲流透明黃口的淋巴液。這天淸早，我聽見第一聲陶笛的樂音出現，隨即騎腳踏車當追音少年去。

若不是右腿裏緊胖鼓鼓的紗布，若不顧慮熱心人士問我「要去哪裡，腳痛還趴趴走」，我的聽音辨位更準，肯定不會白走國小大操場，不會繞進空盪盪的教堂，不會在五櫃坪小路轉了一圈，才找到正確的發聲位置——景山鐵橋頭的隧道口。

公路旁隱藏一條陡峭山徑，通到橋頭的駐軍碉堡，當然，它們隨老山線鐵道廢棄，也都荒蕪了。我扶撐重陽木樹幹迂迴攀爬，遇見一尾吐信青蛇和發愣的蜥蜴，牠們都不怕我，看我那條包裹得肥嘟嘟的白紗布右腿一眼，也沒過來咬它或攀纏它的意思。

陶笛嘹亮的樂聲，越來越清亮，也更加悠揚悅耳。水泥厚牆打造的碉堡，像蒙古包，面向鐵道和山徑小路各有一個內窄外寬的扇形槍口。

據說這座守橋碉堡，和老山線通車同時完工（一九〇八年），鐵橋碉堡的傳說，和它的年代一樣久遠，一樣傳奇，這裡駐紮的衛兵，有來自遙遠的日本北海道，來自終年陽光的台灣屏東或來自中國湖北鄉下。不同的政權軍隊，相同的橋頭碉堡，不同的異國青年，相似的日月星辰，他們輪番守衛景山鐵橋，兩小時一個班次，像時鐘一樣移動替換，歲歲年年。

在黝黑深邃的洞口，在高聳險峻的鐵橋頭的古老碉堡，傳說的故事，多半陰森：歸鄉無望的四川少年兵，舉槍自盡；橫須賀青年和后里姑娘共繫紅線，躍橋完婚；遭老兵凌遲的後山土著青年，臥軌死諫……。

人們怎愛流傳悲情或驚怖的故事？爲何浪漫溫馨的傳說，老被人們淡忘，是因美好情懷平常，而恐懼傷懷不凡嗎？

若這麼說，老氣的人提醒的「不如意十常八九」又不準了。

景山鐵橋和一連串黑黝黝的隧道，是我們鯉魚長谷子弟每個人共同的成長記憶。但我發覺，大家對它的熟悉是有距離的，是被不祥的傳說隔開的，隔一層淡藍雲霧，高高懸在我們長谷的半空，讓人們遙望，不必親近。

誰肯來這鐵橋、碉堡或隧道吹奏音樂，來這車行匆匆又已荒廢的鐵道吹奏出如此荒涼又華麗的音樂？猜不準他是男人或女人，是在地人，或外來客，猜不準他是少年、中年或老年。

他準時演奏的音樂，隱隱約約，但稍稍注意的村民，該都會聽見，已有人前去探問了嗎？

我奮力爬上陡峭山徑，拄著一腿穿行陰森老碉堡，來到鐵道。

我在景山鐵橋的一端，以三七步穩穩站定。

高懸景山溪上的鐵橋，有著粗壯堅固的鐵架。十字交叉或平行的咖啡色鋼骨，構成一座巨大的裝置藝術品，懸空枕木規則的縫隙，小小孩總跨得勉強，害怕得哭起來。我想到我那三歲被人搶奪走的小弟阿信牯，我帶他逃來這裡躲藏，多勇敢的小弟，他胖胖的小腿，跳跨懸空枕木，他濕漉漉的小手緊拉住我，沒哭，只脆嫩嫩叫我：「翔哥！翔哥！壞人來了，我們快跑。」

啊，我不願想起阿信牯的事了，不想了！

◎隱居在景山隧道的漂泊者

陶笛的樂聲停止，我知你像山貓躲進景山隧道，從暗處觀察我。那就看吧，我不叫喊詢問，以挺挺的三七步，站在這我久未再來的橋頭。一個腿傷患者，這種尋音辨位的好奇和不怕傷痛的勇氣，很令你感動吧？

你說，觀察了五次，像我這樣的瘸腿少年攀爬陡坡、跨走高聳鐵橋來探看，不是發慌的無聊者，便是沒頭沒尾的冒險者，格調都不高。你從隧道深處出來和我相見，是要趕我走，叫我不要介入別人的私隱領域。

趕我走？

私隱領域？

你有沒有搞錯？高聳的景山鐵橋和隧道，不管在老山線鐵道行駛中或廢棄後，都是我熟悉的，是我們鯉魚村老少男女熟悉得彷如自家的一部分。

你一個突然冒出來的外地人，誰允准你霸占隧道做私隱領域，誰賦予你驅趕我們村人的權利？

你故意要惹笑嗎？

要不是你的嗓音特殊而好聽，我簡直半句都聽不下去。

你前胸背黑白相間的手風琴，在隧道口閃閃發亮。你捲成大波浪的灰黑長髮及肩，茂密的落腮鬍修剪得更考究。

望著你炯炯的眼神和豐腴雙頰比受難基督要精神得多了，憑你一身寬鬆白棉布短衫和黑棉潮州褲，還有腳趿一雙夾腳趾的真皮涼鞋，真該讓你去長老教會嚇信徒，讓他們對你禮拜歡呼：啊，救世主降臨了！

我怎會被你趕走呢？你是模仿版的耶穌基督！

我本來沒多停留的意思，只想問清你吹奏彈唱的樂曲，便回秋千架背我的英文單字和算計惱人的幾何題。好啦，你既然放出「乞丐和廟公」的辯證題，我就不太想走了。

你的眼光炯炯但神色和煦，你處境詭異但不顯落魄，你的意圖不明但不見威脅。我被滾燙稠黏的糍粑（痳糬）嚴重傷害的跛瘸形象，可能還沒你光鮮，特別是雙腳一高一低硬撐在險峻的鐵橋枕木上，可能看來眞有點可憐。

這麼想，我的語氣就硬不起來。

你是流浪漢嗎？

我想到自己這陣子當起老夥房的單身漢，質問的語氣也弱了。你根本不怕我，居然大笑三聲，隧道口有回音，再配上手風琴的一串滑音，聲勢宛如三寨主接見某地來的小傷兵，你以朗朗的笑聲寬諒我的無禮詢問。

流浪漢是無家可歸的人，無所謂從哪裡來，不確定往哪裡去。你說這和漂泊者不同，漂泊者像漂流四海的船，在不同港澳停泊，它有來處，也承載某些東西，它有方向和依靠，情況好得多。

你說你是漂泊者。

像我這種山村的國中少年，不好意思。實在分不清流浪漢和漂泊者有什麼區別，更難弄清他們格調高低或情況好壞。

你說你叫漂泊者馬各、鬍子馬各。若不嫌麻煩，叫漂泊者鬍子馬各也行。

我只好告訴你，我叫阿翔牯，客家人，不太敢喝茶的客家人，還沒特殊名號，想到再說，若不嫌麻煩，叫我客家翔牯也行。這是柳景元送我的第四頂黑絨帽，他親手以金黃絲線刺繡的HAKKA 翔牯，想來的。

你不嫌重的胸背手風琴，在「隧道封閉，禁止通行」的告示牌前坐下。我的右腿痠痛腫脹，居然讓你叫我坐在鐵橋頭石墩歇腳，我才想到休息。

我眞成了外來訪客了。

你問我除了讀教科書、背英文單字，我看不看課外書或英文名著。

除了考試有用的教科書，爲什麼還敢看、要看沒用的課外閒書，你不覺得這問題有點蠢嗎？

您唸了一段很怪的、不知講誰的詩或短文：

我們的心靈是一座寶庫，
如將其中財寶花光，
你將毀於一旦。
人們不會寬恕一位眞情滿溢的人
如同人們不能忍受一個身無分文的漂泊者

漂泊者，不就說你自己嗎？

你有一排認眞清刷過菸垢的整齊門牙，從修剪得考究的落腮鬍裡笑開來，很讓人安心、甚至莫名的開懷。

你說心的漂泊、身的漂泊，漂泊的方式很多，每個人都是程度不同、方式不同的漂泊者。這首短詩的作者是巴爾札克，在《高老頭》那部小說裡寫的。

心靈怎會是寶庫？

眞情滿溢爲什麼要祈求寬恕，它怎又和身無分文的漂泊者扯上關係？

這意思，我不太懂，可聽來好像有點意思，就像柳景元從前順口唸給我聽的一些短文或詩。

眼前這漂泊者鬍子老頭唸的《高老頭》，柳景元若在場，他應該有所回應，而且，肯定很精采，柳景元看那些有的沒有的課外閒書，看得讓老師和牧師娘都很擔心，他卻都皮皮的樂此不疲，不把大小考試放在心上。

現在，他不必再參加任何考試，他讀的那麼多聽來好像有點意思的句子，都跟他到哪裡去了？它們總不會消失吧？

你說你幾歲，半點也不重要。人的重要，和年紀沒有直接關係。你從農曆春節前三天住進景山隧道，去別處漂泊一陣子，直到油桐花開的四月才又回來。

黑漆漆，黯濛濛的景山隧道，可以讓人漂泊，讓漂泊者定居？

你的脖頸掛一只豔黃陶笛，形狀像大菸斗加上口琴。我問那首動聽的陶笛樂曲叫什麼？有著慶典的化裝遊行隊伍走過山鄉曲折的石板路的氛圍，彷如踩高蹺的藝人帶領的一支特技行列，翻觔斗、疊大門和晃盪人造秋千的歡樂。

你說《天賜歡樂》，你在最寂寞和最自由時，喜歡吹奏的曲子。難嗎？你說最動聽的樂曲，因爲打動人心，引起共鳴，所以向來都不難。

你終於卸下那只看來不輕的手風琴，站在景山隧道口的正中。

你昂揚且悠然的爲我再度吹奏《天賜歡樂》。

眞好聽的曲子，在這樣悄然無聲的清晨，在曾經火車轟隆行駛的廢棄鐵橋上，鐵橋另一頭的堡壘，拆卸了槍炮和監視的緊張，這時，都在《天賜歡樂》的樂聲中安詳而明亮，靜好而平和。

你又爲這樣的山水清早，唸誦一段詩句，也是我沒聽過的。

晶亮的清晨中　我被天籟喚醒
曙光取代群星　留下一彎銀白月牙
你我一樣寂寞
而我們的思緒遨遊天地間
唯有寂寞才自由

是這首寫到人心深處，引起共鳴，才讓我覺得耳目心眼都開啓。還是漂泊者馬各你磁性的朗誦讓它如此動人？

我居然忘記詢問漂泊者馬各，你從哪裡來？要在這隧道停泊多久？

其實，我還想問你，爲什麼漂泊？我可以參觀你的住處嗎？我可以帶幾位朋友來看你嗎？

你選在廢棄的景山隧道居住，是躲避什麼呢？或直接問你，你是通緝犯嗎？可你怎又這麼拉琴吹笛的張揚，不怕有人像我這樣好奇又有勇氣，尋音辨位，來景山隧道找你？

我溜下景山隧道鐵橋前，被你一句話嚇到，嚇得將所有疑問忘了。

你說你見過柳景元，我這輩子最知心的朋友。你說你讀過他寫的所有詩，你在大年初五參加過他在長老教會的追思禮拜告別式。

你嚇到我了。我背誦英文單字，瘸腿下山。drift 漂泊 drift 漂泊，frightened 驚嚇，frightened 驚嚇……。

⊙我爲他拍下告別式的遺照

柳景元的告別式在我們村的基督長老教會舉行。

春節的氣息還留著，誰家孩子不時聚在國小操場和五櫃坪的高台放沖天炮？炮煙伴著咻咻聲，或蛇行或直飛半空的在鯉魚長谷炸響。喜氣裡有淡淡的寂寥，像乾爽清靜的伯公廟，收走祭拜的牲禮，只留裊裊檀香。

柳景元的爸媽從上海回來。

他的叔伯阿姨也從台灣各地來和他告別。

駐堂徐牧師是柳景元的姨丈，爲他主持全程儀式。

他的牧師娘阿姨，從來親切和氣、敏捷能幹，這天卻定坐在鋼琴前，面無表情，不同任何人招呼，不看人一眼，也不整理琴譜，她是柳景元告別式的司琴。

我知道柳景元從不屬任何宗教，他對佛學有興趣，常看這方面的書，探索它的哲理，可他不學佛，他說只要學人，學人的喜怒哀樂愛惡欲如何安頓。他眞個異端怪人，怪怪的想法讓我常忘他小我三個月。

柳景元不曾受洗，即使徐牧師是他姨丈，屜姨是駐堂最活躍的牧師娘，他在主日學宿舍寄住兩年，他頂多才只是教友。他的告別式在這裡舉行，恐怕讓他覺得妥協而委屈。

在教堂舉行的這場告別式，對他遠道來聚的父母親人，或許才是正式告別。可我知道，去年冬天，他爲自己在景山隧道口的鐵橋頭舉辦的生前告別式，或許才是他認定。

柳景元的放大半身照，斜放在講桌上，依靠著他寶藍陶瓷的骨灰罈，他這麼身高體壯的人，怎才燒出這一小罈骨和四小缽更少的灰白粉末？

柳景元的遺照是我拍攝的。

我用他的徠卡相機，爲他在火車上拍了兩張，當做一次脫線郊遊的紀念，從未想到會成爲他告別式的遺照。

從六月開始，柳景元在台北關渡的和信治癌中心醫院開刀住院，半個月後回來休養，他瘦脫了一圈，精神卻還好，還是一樣愛說笑，關切世間所有事，愛發脾氣又軟心腸，患什麼病症、病情如何，也不講，即便像我和他親兄弟一般，保有相互秘密的人，他也堅不透露。只說每隔二十八天，要回醫院注射化學療劑和放射線治療。

那是我第一次陪他去醫院，他只肯讓徐牧師和牧師娘開車送我們到苗栗搭車。七月下旬，我的所有聯考成績都收到了，心情低盪到冰點，而最親近的朋友，還要去接受傳說最恐怖、最折磨的治療，是生命交關的治療。

我們兩人似乎都脫離了生命的某些常軌、我是全校第一名的畢業生，柳景元是最強壯、最開朗又聰慧的人，我們卻在最重大的考試和健康上栽了大觔斗。

我們到台北車站地下鐵，又穿行錯綜複雜的地下道，轉搭淡水線捷運。地下鐵寬闊而沁涼，人潮衆多卻有各行其路的疏離，我和柳景元像兩個將去極地遠征的人，心情忐忑懸宕，冷呀。

我把感受告訴柳景元，他倒笑了。他向來笑我最不會表達抽象的感受和理念，對具體事物的描述，常也顯得笨拙。他還舉例嘲笑我，就像有人寫作文：「不知道爲什麼，我走到一個不知名的樹下，心中湧起一股言語不能形容的情緒，在濃蔭下居然長了一叢不知名的花，彷彿有一種不知從何而來的魔力，讓我靜靜蹲下，思索著茫茫的未來。」

我說的兩個落難少年將去寒冷的極地遠征，這樣的比喻也笨拙嗎？

雖然我知癌症患者該啥模樣，但柳景元根本不像病人。他一路端著那本瑪瑙紅硬殼封皮的「台灣文學」口袋形筆記本，一筆一畫刻寫，寫札記、寫詩。可還不給看。醫院大廳的燈光和挑空三樓的格局，更像高級飯店，居然飄浮著麵包烘焙和磨煮咖啡的氣味。

我陪景元去量身高、體重，驗血壓和紅白血球基本檢查，他神色平靜，甚至還有點像小學生進保健室的好奇和頑皮。問抽血護士，自己怕不怕打針？

柳景元的性情眞特別：他是誰也不畏怯，遇啥事也不懼怕嗎？這和他在東莞和上海的台商學校讀過書，和他在吉隆坡定居過一年有關？或就是他先天性格如此。我見他這種個性的反應碰過軟釘子，可大多時候，總愉悅有趣的認識更多陌生人，發生意想不到的趣事。我眞想受他一點薰陶，也改變掉含蓄木訥的個性，更有自信一點，更快活一些，說不定遭遇啥困挫，能因此低空掠過，低沉的心情就這麼滑溜過去。

柳景元的看診室，在曲折迴繞的引道盡頭，我們倆逛街似的一路參觀，在各個候診室裡的患者和親友家屬，有七、八歲小孩，像我們一樣的十五、六歲少年，三、四十歲的婦人和五、六十歲的中年男子，所有年齡層的人都到齊了。各個清幽寧靜的空間裡，瀰漫低沈氣壓，特別是看到那些頭戴毛線帽、臉色蒼白的患者，我更不能順暢呼吸。

柳景元的主治大夫是超高個子的譚醫師，我們被安排在一間獨立看診室，等候譚醫師來問診。

在兩坪大的看診室裡，我看著柳景元，突然覺得陌生。他原本紅潤的耳垂和嘴唇變了色，劍眉和圓大雙眼不再神采煥發，儘管他還笑著，可這笑意閃爍，有了苦味。我在禾埕芳香撲鼻的樹蘭花欉旁幫他修剪的頭髮，他從來不嫌，讓我這半路出師的理髮師大動刀剪，他就是這樣對我全然信任；我在他頭上的作品，這時看來竟也陌生。

假如能夠，在這樣的空檔，我真想幫他的頭髮修剪得更好看些，更時髦更精神些，讓他掉光頭髮，戴上毛線帽式假髮之前，有個亮麗髮型，讓他看來更英俊，更不像個突被惡性腫瘤攻擊的病人，他還是我最漂亮好看的弟兄。

柳景元報我一個好看的微笑，露一排亮燦燦白牙。從他隨身帶來帶去的黃牛皮書包掏出那本口袋型筆記書，翻開一頁，交給我：「唸唸，寫給你的。」

慶幸　在青春年少　和你相遇
慶幸　如夕曝雨遇見彩虹
如鳳凰花遇見蝴蝶
如領航鯨遇見黑潮
如貓頭鷹遇見月光
如水蓮花遇見豆娘
因為　彼此相遇
我的世界　有你的曾經
慶幸　你我的珍惜

這首詩的題目叫〈慶幸〉嗎?他說叫〈遇見〉比較好，有一天他會抄寫在卡片上，送給我，又說：「世上最美好的事物，若讓第三人分享，就有點可惜了。」我們彼此信任的互剪頭髮，他也是這麼說過，彷如維護秘密基地的一棵百年銀杏，可以納涼招風，可以仰看欣賞，可以傾訴心情和牽引話題的一棵稀有好樹。

我不喜歡這首詩，不是我看不明白或他寫得不好，而是那語氣太老，老得像遙遠的回憶，遠的像告別感懷。我不知扭了哪個腦筋，竟沒頭沒尾告訴柳景元：「我程度不夠，看不懂。」

和柳景元認識這兩年，幾乎朝夕相處，日日相見，我還是沒學會他的坦率，沒敢眞確表示心中的看法，還是這麼拐拐彎彎的言不由衷。

⊙在惡龍潭施打攻毒的毒針

高壯的楊醫師看見我們兩人，連問兩次：「還有其他家屬嗎？有大人陪同嗎？」

柳景元直直回說：「這是我哥哥，我哥哥能照顧我。」

楊醫師笑了：「身材長相差很多哦，有人照顧就好。」

柳景元這麼篤定向外人說我是他哥哥，讓我愣了一下，有了驚喜和安心，於是也敢在這危急驚恐的時刻，學說俏皮話：「他比較會吸奶，我媽的奶水都被他吸走，我營養不良。」

楊醫師似乎也信了，詳細交代療程：下午一點鐘掛點滴軟針，每隔四小時打一劑化學針劑，之間將沖灌一千六百CC生理食鹽水和止吐、止暈藥劑。最毒的一支化學針劑有個好聽的名字叫白金。

楊醫師特別交代我，這療程要到隔天八點才告段落，要看護留意嘔吐物阻塞、進出水分及排尿登記和柳景元的異常反應。

什麼是異常反應？

心律不整、呼吸急促或神智亢奮及昏迷，還有體溫高燒或急速下降，抽搐痙攣，包括主動拔除點滴針劑的情緒失控。

天啊！我得整日整夜盯住柳景元了。

他卻說：「翔哥，你安心休息，只要跟我作伴，我會乖乖的啦，安啦！」居然又問楊醫師：「我還可以活多久？」

柳景元常有嚇人的坦白直率，常有一針見血、一棍打七寸要害的言行對付他認為不公不義的事或無禮無賴的人，可他怎能這麼詢問自己的生死時限？

他還好說叫我安啦。

楊醫師該是經驗豐富，成熟穩重的專科大夫，對病情告知的修辭學有相當程度訓練，他說：「很快，也許三到六個月，事情最好做些交代。不過，我們是全台灣最好的醫療團隊，我們和你哥哥會全力照顧你。你爸媽和大人家屬要是能來，我直接向他們說明，事情可能更清楚。」

柳景元神色不變，絲毫沒有半點驚惶，說：「我沒交代後事的經驗，但我會想想。有我哥照顧，我就放心了。」

什麼時候了，他還想跟醫師抬槓！

不知是止吐止暈針劑發揮作用，還是柳景元固執堅毅的個性發揮特異功能，這一日一夜，我除了幫他記錄進出水分的量數，一切正常平安，甚至在空調宜人的幽靜病房，沉沉睡了一覺。

前來施打化學針劑的輪班護士，個個身著太空裝似的隔離衣和防護手套。這些針劑揮發的毒氣，讓她們全副武裝。注射到人體的激烈反應，可以想知。

柳景元是怕難堪或怕我擔憂而極力忍耐，還是他人太皮，毒針還一時對付不了他。我這麼問柳景元，他只管笑，且是朗朗大笑，一如我認識他的第一天。

在認識柳景元之前，我沒聽過誰像他這款夜空五彩煙火綻放似的朗笑聲。他突如其來的爆笑，嚇人，也醒人耳目，又具感染力。

他剛從上海台商子弟中學轉回我們山城國中。第一天放學同搭客運車，又結伴走相同路從鯉魚口回上山下。在分手回家的迴轉彎路口，柳景元忽然沒頭沒尾問我：「你是客家人嗎？」

我們鯉魚村是河洛人、平埔族巴則海人和客家人共居的山村，彼此知曉各自的族群，少有人特別這麼問起。我不知眼前這個像外省人又像河洛客的外來新生問話用意，他問得如此當眞，好像還有第二個疑問在後要緊跟而上，我只好隨口回他：「也可以。」

柳景元在第一時間爆出爽朗大笑，又追問：「混血兒，健忘症和恐懼症？」

這人實在粗魯，他不以爲初見面就問人種族，就像問人年紀、零用錢或睡覺打鼾一樣沒禮貌嗎？

這人難道不知客家人在我們社會的身份認同多尷尬，一般人對我們丘陵民族的印象是多麼鹹、酸、小氣又多疑的成見，客家國語一出口常引來多少輕蔑訕笑，有多少人把我們客家庄和山地部落看成同一等級，特別是民意代表選舉時的投票傾向。反正我們客家人愛搞小圈又不團結的形象，和耐勞苦力又不知變通的德性，以及硬頸頑固又怕得罪人的矛盾性格，我冒然承認自己是客家人，會不會太冒險。

柳景元一句到位的坦率，眞讓我開見識，而且受不了：「像你這麼優秀出色的客家子弟都這樣躲躲閃閃，像你這種英俊又好人緣的客家後生，都不敢承認自己的種族，你不覺得客家人會完蛋嗎？」

我被他說得臉頰燙熱，兩耳根紅熟冒煙。這個人未免管得太大，也管得太多了，客家語言、文化或種族萎縮消失，干他啥事？怎有年輕人關心這種事，我阿叔就是我親老爸規定我進了老夥房大禾埕，只能說客家話，甚至還用客家諺語，很嚴重的恐嚇人：「寧賣祖宗田、莫忘祖宗言」。

柳景元又不是老歐吉桑，他個子高壯，其實還小我三個月咧，憑什麼教訓人，說恐嚇的風涼話？

⊙在列車門口舉出的勝利手勢

柳景元這人反應奇快，點子多，規矩也多。第二天早上八點，他平靜的打完第一次化學針劑療程，隨即請護士爲他拔除所有針管，如鬆放了腳鐐手銬的囚犯，頓時又是他那爽朗大笑。我們洗了一場水煙濛濛、皀香怡人的熱水澡，連每塊頭皮都徹底搓洗得吱吱叫，他還堅持我換上全新衣褲，和他一式的白長袖休閒衫、漿洗得筆挺的淺藍牛仔褲，再配上我們背來的背包，眞像要出發郊遊去的一對享福兄弟。

九點辦妥出院手續，領了一大包各色藥丸，我擔心化學治療常有的暈吐才要發作，柳景元卻一派輕鬆，結束度假要回家似的。

我們搭淡水線捷運，在台北地下鐵轉搭火車回苗栗，我想電話聯絡徐牧師或牧師娘到苗栗車站來接我們回村子。

柳景元卻說好想去看海，不馬上回去。

剛做完毒針流竄全身血管的化學治療，不就該戴好帽子和口罩，怎能去仲夏海邊烤火吹風沙。

柳景元仍想去看海，但附帶新點子；坐火車去買福隆便當，在車上看海兜風，還要照相留念。

我們儘管一身光鮮乾爽，可他一日夜折磨的蒼白臉色，適合照相嗎？盒餐的種類雖多，但口味相差有限，幹麼逆向行進，跑去福隆買便當？

這就不能妥協了。

我心中懸張著三項聯考全部失敗的難堪，在全校第一名畢業生的光環還沒有消褪的尷尬七月，我陪柳景元來闖他生命的第一個關卡。我躺在看護床留意他的動靜反應，忽然也覺得，這考試的挫敗，比起柳景元在生命健康猛滑的這一跤，實在算不得什麼；我享受多年的課業光環對比於現在的尷尬，比起柳景元以健壯體魄在看診室和手術檯的震撼與軟弱，眞是小拇指也舉不出的小事一樁。

可兩同時以不同方式摔跤的難兄難弟，專程搭火車去福隆買便當，也能抱著郊遊兜風的心情，這好嗎？

「好，」柳景元說：「苦中作樂，含淚的微笑。」

他在開往福隆的北迴列車，綻露「含淚的微笑」，要我幫他拍攝，他挺身在座椅，笑得可燦爛，濱海的陽光亮好，透過大扇玻璃窗，照得柳景元果眞像個外出郊遊的無憂少年，從他迷你徠卡相機的觀景窗看去，看著他無畏神情的無憂笑容，覺得眞好看，好看得讓我心痛，痛得想哭。

列車在一小時後來到福隆車站，我們果然望見了海洋，一片細碎貝殼沙擁抱的蔚藍海洋，在沁涼車廂內，讓人也以為那鵝黃沙灘和蔚藍海洋也是涼爽無比，掀浪的陣陣海風當然也是舒涼清揚。

柳景元拉我衝出車門，列車仍在急速滑行，他拉開車門，緊握車門把手，車把頂端露大大一截百元紙鈔，有個紅字的100，像一張滿分的考卷，他另一隻手伸直了，向月台奔走的便當小販比畫兩個，我按下快門，為他拍攝象徵勝利成功的V形手勢和那滿分紅色一百的照片，柳景元抿嘴而笑，頑皮、慧黠且無畏。

販售福隆便當的小販，手挽一紅色提籃，靠近列車尚未停妥的車門，我們順利買到便當，兩人就在少有旅客上下車的遼長月台找到一排蔚藍色的座椅，我和柳景元在福隆月台享用滋味特殊的福隆便當。一片薄薄五花滷肉、一顆滷蛋、一片黃蘿蔔、一撮細碎的甜酸菜和一片天婦羅，齊齊鋪在削薄木板盛裝的香黏米飯上。

柳景元的黃牛皮書包，根本是百寶袋，他掏出兩副不鏽鋼長箸和湯匙，我們專心的、努力的享用每一口福隆便當的滋味。

我怎想到，這兩張好看的照片，會被放大成他告別式的遺照？

告別式會場並不擁擠，除了柳景元的叔伯阿姨和中國回來的爸媽弟妹十多人，再就是他外公外婆和夢幻俠薈姊，薩克斯風阿茲以及我們老師，我並沒有看見耶穌基督造形的漂泊者馬各在場，他若來，我應該發現。

難道他擠在巴則海鄉親組成的唱詩班裡？

其他人看見柳景元彷如去郊遊的遺照，或許更能抑制悲傷？

薈姊和阿茲都沒哭，她們該也喜歡柳景元這張滿分照片：他抿嘴而笑的精神，他眼神透露出來頑皮、慧黠又無畏的神采。

柳景元的親友席內，不時有人啜泣，不知是誰。

認識柳景元兩年來，我不曾見他爲自己的往事或切身近事流淚，即便他在和信醫院接受化學針劑治療和放射線的療程，在那最最痛苦的時候，我也沒見他哭過。

他眞是個怪人，倒常爲旁人的不平委屈落淚，特別是爲了我敘述小弟阿信牯在竹林遭人抱去，和媽媽連生四個早夭兒女被趕出老夥房而穿行景山隧道回娘家的事，柳景元抱住我雙頰，頭碰頭陪我傷懷悲泣，久不平復。

柳景元肯定不愛人們爲他哭泣，不愛看見誰爲他的遠行，傷痛落淚。

我在告別式上，可以不哭，卻禁不住簌簌落淚，我禁不住的，柳景元不會責怪我。他曾說過，我願在他面前爲心中隱痛淚流滿腮，這是兄弟的不見外，是對待至親的眞情流露，是一種無忌諱的倚靠，他反而寬慰接受，心有感動。

他每每說得讓我安心。柳景元總能把「抽象的感情和思維表達出來」，這是他的好本事之一，眞希望我能學上這功夫。

柳景元向我們告別了。

柳景元以向生命宣告的手勢去某一地郊遊遠行。

我想知道，他去向哪裡，去到哪裡？

他留下的最具體、再眞實不過的「抽象的思維和情感」都又停放在哪裡？
誰告訴我？

第五章　夢幻俠是我們生命的奇異過客

夢幻俠是柳景元為薈姐取的名號。

這個男子氣的名號，非常貼合薈姐的性情和作風。也許她也心領神會，才讓我們高興或沒事就這麼叫喚。

薈姊曾是柳景元姨父徐牧師的淡水基督神學院同學，留學東京帝國大學，主修景觀規畫，副修海洋生態，回到台灣曾加入景觀規畫集團，參加過運動公園的規畫設計。

薈姐寄住我們村的長老教會，是長駐志工和主日學的英語、日語教師，比柳景元晚住進去，柳景元跟她熟識，認為薈姐的想法和作為很有趣，卻總又不親近。

這麼說來，薈姐是三十七、八歲的歐巴桑了。像她這種對哲學和神學下過研究工夫的女人，又是景觀規畫和海洋生態雙料博士的老小姐，跑來我們小山村住教會、教主日學、沒街可逛也沒地方規畫設計，這不是很浪費才能、很無聊的事嗎？

柳景元慎重警告我：「夢幻俠的先生是日本精神科醫師，也是她的主治大夫，他們在東京有個小孩，都三歲了。你叫她歐巴桑、女人、老小姐，最好小心一點，別說我沒提醒你，她是女權主義的熱烈擁護者和徹底實踐者。」

我不太聽得懂，但笑起來。

⊙傳說的夢幻俠有特殊頻率和磁場

那是去年初夏一個雨後清晨，柳景元還是非常健壯的少年，我是信心滿滿的優等生，我們忙著採青芒果，採了整整兩麻袋，還拜託現任爬山車大王，曾是觀光號列車駕駛員的啞子伯潘有溪，幫我們載送去教會，奉獻給來做禮拜的信徒和主日學孩子享用。

我高舉長竿捅芒果，柳景元持超長網袋捕接，我們默契向來好，百捅百中，沒一顆漏接。像所有快樂健康的少年一樣，手腳勤快，談笑響亮。

這是我生平第一次聽見女權主義這個詞。啥意思？

就是很有知識，又有常識的女強人；是很有見識，又有膽識氣魄的大女人；是走路有風的行動派男人婆，是長相一般但風韻儀態有特色的中性婦人。

我看柳景元根本胡扯，想唬弄我。他還說，女權主義的薈姊反對父系社會的種種不公不義，她和日本老公分手的一個原因，就是反對她兒子從父姓。

薈姊在主日學上課，順便也宣揚女權主義，她說平埔族人向來是母系社會，可惜被漢人同化了，還說客家人也是。

我是客家後生，姓我阿叔的姓。我老媽只像牛在家務和田地工作，誰聽過她的意見，她做得了什麼主？我從沒有看過哪個男人，包括我這個兒子幫她出過聲，那些「客家母系社會」的阿婚、阿姆，只會欺負女人，她們爲哪個女人出過氣、發過聲？

柳景元胡扯，還扯到我們客家人來了。

怪的是，徐牧師對夢幻俠薈姊的言論自由，非常支持，倒是牧師娘常嘮叨，甚至對她寄住教會有意見，常有意無意詢問寄住時限。

我家老夥房後的百年芒果樹，至少五樓高，蒼鬱茂盛，沒半點老態，阿叔說它小時看它就這麼健壯，這也許不假，可是百年怎麼說，還不是信口推測來的。阿叔說這老芒果樹從來情緒不穩，心性不定，時常連三年不開花也不結果，變成一棵冒牌重陽木或大葉雀榕的裝傻。有時，忽然高興了，綻開滿樹光彩的黃花，結長一樹纍纍芒果，果實多到曾砸昏三個人，醃製五大甕芒果青、釀造十罈芒果酒，還讓全村的人享用芒果吃到怕，因爲吃到手掌和腳掌都變黃了。

今年的老樹大概又高興了。

我和柳景元採芒果，根本不用在枝葉間搜尋，隨手一摘，就是一顆碩肥橢圓的鮮美青檨。

我們吃不了幾顆，吃芒果有點麻煩，雙手總是黏瘩瘩，又啃吸得一嘴一臉湯汁。吃芒果是吃趣味、吃情調的嘗鮮，這是柳景元說的。我們多採勤摘，是想送去教會分享——；再不採摘，砸掉滿屋頂吵人又可惜，便宜了蜜蜂和蒼蠅、螞蟻，若害牠們掌心和腳心變黃也不好。猜猜，這種話會是誰說的？爆笑！

在這天之前，我還沒見過夢幻俠薈姊。

柳景元說薈姐言行有趣，卻不會讓他想親近，這不是矛盾嗎？

「這是人與人的頻率和靜電磁場問題，」柳景元總要讓網袋內的青芒果重到竹竿彎曲，他雙手如撐竿跳選手那般費力了，才肯讓芒果放回麻袋，他做事總愛這麼硬撐，我不勸他，看他挺多久，「人的相處奇妙，有時認識十分鐘，彼此的行爲模式和思想態度，怎麼看都順眼，像熟識十年那樣親切。另些和我們無冤仇的人，才聽他說兩句家常話，看他處事的一個反應，居然厭煩透頂的。」

柳景元的阿姨牧師娘對薈姐的一百個意見中，最不能同意她對米莉的虐待，還有對唐璜的折磨，她說這不是最起碼的基督徒做得出來的行爲。

那隻白色波斯貓是牧師娘的陪嫁之一。我每次去教會找柳景元，牠總像盡忠的看門貓，從教會某個角落踮腳出來。用牠的一身厚毛磨搓我小腿，喵喵笑，喵喵叫，跑跳去柳景元的房間摳紗門，摳得撕裂聲響，讓人起雞皮疙瘩。

米莉的本名叫米粒，我有次問牧師娘這名字由來，牧師娘說：「別聽柳景元胡扯，什麼米粒、玉米、番薯，牠本名叫美麗，因爲筆畫太複雜，才改叫米莉。」筆畫太複雜，難道怕牠上學寫字吃虧受苦？我看牧師娘才胡扯。柳景元說米粒白白胖胖，而且一天到晚香香的，乾乾淨淨又愛笑，像爆米花的米粒，這還比較合理。

米莉自認是這教會的忠貞教友，也是勤奮的主日學學生，那些來聚會的教友和上學的孩子一到，牠必定隨堂參加，還自任巡堂執事，躡手躡腳，自由出沒。

柳景元說：「人和貓也一樣，能不能處得來，得看頻率和磁場。米莉和薈姊的磁場相容、頻率相通，特別合得來。薈姊來沒幾天，她們就玩在一起了，玩一種搔玻璃遊戲，玩得開心極了。」

我們鯉魚長谷沒一家玻璃店、瓦斯行，除了山東退伍老兵老馬有時兼賣野饅頭的小雜貨店，啥店都沒有。基督長老教會的玻璃窗特別多，連雙扇大門都有十六個玻璃框。鯉魚村的小孩對丟石頭砸芒果、丟石頭打水漂、丟石頭打檳榔和丟石頭打架有傳統性的愛好，教會的玻璃窗常在不同原因被砸破，所以歷屆駐堂牧師都會儲存各種尺寸的各色玻璃和透明玻璃備用。

⊙波斯貓米莉和哈士奇犬唐璜的嗜好

薈姐讓米莉開發新遊戲，她讓米莉在光滑玻璃上溜冰，用牠的肥爪在玻璃上跌跌撞撞的搔刮，搔出尖銳的吱吱響，刮出唧唧的刺耳聲。

米莉的胖身子在玻璃片滾翻，滾一下，喵一聲，滑一下，喵兩聲，若順利搔刮出尖銳聲音，牠的喵喵叫就完全配合薈姐的笑聲，久久不停。

「你聽過銅板刮玻璃的聲音嗎？聽過石頭刮黑板的聲音嗎？功力不強的人，聽這種聲音都會全身起雞皮，神經衰弱的人會求情告饒，掩耳逃跑或拿棍子出來敲人。有一種無所謂的人，大概有點重聽，另一種喜愛這種聲音再加貓叫、人笑伴奏的人，多半精神有問題。這是我阿姨說的。」

我沒親耳聽米莉的爪子搔刮玻璃的表演，光是想像，渾身就不自在，這不知屬於哪一型的人？

薈姐和米莉天才組合，又研發了倒掛金鉤的新招式。薈姐抓米莉兩條後腿，米莉懸空搔刮玻璃，倒掛的高度有高低，搔刮的尖銳聲響就有了輕重的變化。米莉的喵叫和薈姐的笑聲跟著有節奏。

柳景元大笑：「我覺得還可以，我阿姨應該屬於神經衰弱型，她簡直受不了米莉的聲音，發狠要打牠屁股，把米莉追得滿場跑，躲在屋簷蹺腿舔毛。阿姨越看越氣，直到薈姐和米莉共同研發出倒掛金鉤的新招，她終於忍不住發飆，制止薈姐『再做任何虐待動物的行爲』。米莉眞是怪貓，牠那麼胖，薈姐提牠後腿提得瘦忍不住，才放手休息，米莉來舔人又搓毛的要求再來一次。她們配合良好，又喜樂平安，這叫虐待嗎？」

又有研發出新招嗎？我好想看牠們現場表演，一定很刺激。

薈姐來我們鯉魚長谷，據柳景元說是來養病；放鬆心情、解除壓力，遺忘痛苦、創造歡樂，希望藉大自然和單純的環境緩解她的躁鬱毛病。

跟隨薈姐來的日本哈士奇犬，本名叫彈簧。彈簧是一隻自以爲是羚羊的狗，喜歡蹦跳撲人、蹦跳親人、抱人，是一種很少見的過動狗，牠的黑灰鼻梁配雪白雙頰，要是能乖乖站一下，憑牠的體形，不知會迷倒多少教友和主日學小朋友。

「薈姊怕說彈簧越叫越沈不住氣，所以改名叫唐璜。你知道唐璜是誰嗎？他是英國詩人拜倫寫長詩中的主人翁。唐璜是西班牙貴族，風流早熟，十六歲逃難去義大利。遇到海難被海盜頭子的女兒救起，結婚不成又去逃難，變成奴隸、外交官。反正，唐璜是個英俊、善良又有強烈正義感的倒楣人。薈姊認爲和這隻日本哈士奇犬很像。」柳景元喜愛講故事：「從日本東京空運來台的唐璜和波斯貓米莉頻率、磁場大概都沒問題，唐璜還允許米莉趴在牠肚皮睡覺打盹。」

唐璜最愛的遊戲，讓柳景元的阿姨看得毛骨聳然，這和米莉新把戲引發她的雞皮疙瘩，這些合在一起。牧師娘沒直接把薈姊趕出教會，算她有耶穌基督的博愛精神。

哈士奇唐璜愛讓薈姊用橡皮筋彈鼻頭，每一彈，牠就彈簧似的彈跳起來。薈姊將橡皮筋纏繞拇指、食指和中指，做成一把橡皮槍，手勢動作純熟俐落，好像在日本已訓練完成，早已習慣。

哈士奇唐璜的特殊興趣，近乎自我虐待。牠越高興，牧師娘看得越心驚。柳景元說：「有一天，她會去報警來抓人！」又說：「不知你和夢幻俠薈姊、波斯米莉和哈士奇唐璜合不合得來，這也要看你們心電頻率和靜電磁場。」

這是我第一次聽到的論調。他比我小三個月，怎有這種古里古怪、似是而非的想法。他想這樣擺大裝老是吧？那還得看我信不信他。我也不想問他想法從哪來，免得他又笑說我這種優等生只會死讀教科書，將來遇到大陣仗，大考試就會露馬腳，白長了他的威風。

看那麼多閒書、雜書有用嗎？

「那要看用在哪裡？」他說，若看得快樂也是一種用處，看書之用就大了。

柳景元是什麼腦筋，他的想法特別，還不如他的腦筋古怪。不說與人爲善，和睦相處才好嗎？像他這種靠頻率、選磁場的交友法所判的優劣親疏，要讓他覺得既有趣又想親近的人，大概也沒幾個了。

至少，他總該覺得這說法太抽象吧？

柳景元居然回說：「生命只該浪費在契合的人和美好事物上。」嘖，這是電視廣告詞，沒創意。

⊙長海伯凌遲老樹的毒招

我家這棵老芒果樹，曾被苦毒凌遲的故事，一定要讓柳景元知道；他是可以當作家的人，知道的故事越多越好。

這棵「情緒不穩、心性不定的百年老樹」，連三年不開花結果，我阿叔去聖王崎下向長海伯請教。看來慈祥和藹的長海伯，自備一起長柄番刀，以刀柄對我家老芒果樹攔腰就是二十幾刀劈砍，環繞樹身的刀痕，刀刀入皮，滲生樹乳。

老芒果樹比他還老，他常說人要敬老，意思是年輕人對他要有禮讓和敬愛，他怎能下這種毒手對付我家的樹？

我阿叔看不下去，勇敢過去勸阻長海伯——他的老朋友兼毒手，但語氣猶豫，像個懦弱又稍有良心的路人，勸阻一個欺負老人的不入流流氓，爲老人求情，放他一條生路。乾脆就像請來打手痛毆自家長輩的不肖子孫，良心發現突生不忍，又有氣無力的請打手手下留情。

原本接捕青芒果身手俐落的柳景元，突然，漏接了兩顆，「怎可以這麼殘酷，人怕傷心，樹怕剝皮，那個人簡直是伐木工人。那時，你在哪裡？」

我當然在場。

沒錯，我看得心驚又難過，我沒說什麼，也沒行動。

柳景元又漏接兩顆肥碩青芒果，芒果咚的砸落在右護龍屋頂，骨碌碌滾下屋簷。他一臉納悶：「既然覺得不對，又看不下去，不管外人或自家的切身事，你怎可以不動聲色？」

我體格瘦小，年紀又小，我說什麼，有用嗎？我去阻撓，夠力嗎？我不被阿叔和長海伯痛罵甚至揍一頓才怪。

柳景元的網袋竹竿抖得厲害，希望他不是生氣，這是我家的事，不敢挺身而出，就算窩囊的人，也是我，他若生氣，那就莫名其妙了。

「他好可憐，現在怎又長這麼好，又生這麼多芒果？」

眞是怪事，長海伯的番刀下過毒手的十天後，傷痕纍纍的老樹，突然在某天深夜開了滿樹的黃花，燦爛光彩，比鯉魚村任何一棵芒果樹都開得旺、開得密，甚至招來的蜜蜂和蝴蝶也比旁鄰的多。

它彷如枯木逢春，彷如臨終前的迴光返照，它感受了生命被嚴重攻擊，若不奮力開花告示，不趕緊結果傳種，一切就來不及了。

老芒果樹開花，它的花期稍慢，卻在那年以最肥美、最早的果實成熟，讓鯉魚長谷的每戶人家嘗到它鮮美甜蜜的滋味。

柳景元喜怒哀樂向來清楚明白，他的神色果然從納悶、氣惱轉而欣慰，我若沒看錯，他仰望芒果樹旺茂的樹冠敬仰又疼惜的抿嘴而笑。

這棵芒果樹還有事嗎？

有哦，它眞是「性格頑固，脾氣古怪的百年老樹」，番刀事件後，它又連三年不開花結果，一年到頭默默站在老夥房後側，跟山腰的桂林竹比高；人家桂林常長竹筍，脆嫩甘甜，煮排骨筍片湯、筍籤炒肉絲，味道都好。老芒果樹卻又不理睬了。

不會又找誰拿番刀速砍它吧？

不是，阿叔還去聖王崎下找長海伯請教。這回長海伯自備鋤頭、塑膠布、水泥和火把滿滿當當載了一車，沒人知他要下啥毒手。阿叔和我不敢問半句，也因爲長海伯不准我們多問，他像身懷某種特異功能的某一路道士，手持獨門武器，不說明施法過程和結果。請他前來的人家，自找的，只能乖乖配合，聽命行事。

阿叔受命在老芒果樹外圍兩公尺，鋤一圈兩尺深的壕溝，我心情不踏實，覺得這棵百年老芒果樹若靈感有知，它動也不能動的俯瞰我們范家後生對它動手腳，擺八卦陣，它會驚惶抖顫吧？

芒果樹犯啥錯呢？不過是百年來年年開花結實，偶爾想休息一下，調節一下生息，也不行？

柳景元認爲我想得很好，問我表達出來沒有？

沒，我不敢講。

那時你都十歲了，還瘦小懦弱呀！你那時做啥？

我幫忙把圍繞壕溝的泥土和一大堆蚯蚓鏟出來，鏟得平整乾淨，還不知做啥？

長海伯如法術純熟的道士，攤開那一大捆塑膠布，環繞土壕溝一圈，八尺寬的塑膠布豔紅刺目，部分埋進壕溝。

我阿叔自小左腿瘸跛，腿肉萎縮，可他行動如風，臂力特別孔武，他聽長海伯指揮去庫房搬來一袋五十公斤的稻穀，從壕溝底堆疊起來，整整二十四包，將芒果樹包圍在比我高的城垣中。長海伯再將紅色塑膠布由內往外蓋住，蓋得密不透風，一隻土猴、一尾蚯蚓也休想跑出去。

長海伯點燃煤油布團的火把，天啊，居然是兩支，他像與老芒果樹久別的妖魔或自認的伏妖高手，舉著熊熊火把在城垣內對芒果樹身施展火刑，上燒一把，下灼一把，左戳一把、右捅一把，我攀爬在城垣上，但他繞樹用刑，芒果樹皮被火焰和油漬燒出一掌一掌大的傷痕。

我聽見，我聽見這棵百年芒果樹發出哀嚎，每一片抖顫的芒果葉都發出呻吟叫痛。我一直深呼吸，深呼吸，聽它向我求救的呼喊。

長海伯像雙火烙怪客，對毫無反抗能力的芒果樹火燙觸擊百來下，還沒鬆手的意思，理個大光頭的長海伯紅臉、闊嘴、凹陷雙眼又獅鼻，笑起來讓我想起某個山地部落酋長，對，日月潭化番社的邵族頭目毛王爺，他大笑，對老芒果樹說：「怎樣，我久不來跟你整理一下，你就皮皮的裝死、裝睡，就不守本分了。現在，你總該醒了吧。不管你醒不醒，橫直我還有一招，兩招一套侍候你，這叫水深火熱，恩怨清楚。」

柳景元問我有沒叫長海伯住手？

沒，我只是又怕又氣的趴在稻穀堆圍起覆蓋塑膠布的紅色城垣頂上，發抖。

⊙被火刑伺候的苦命芒果樹

你悶啥，窩不窩囊？

當時，我十歲，不敢。我想要是柳景元早幾年來我們山村，我早點認識他，說不定就敢說了。要不，柳景元也會跳起來，有用沒用的叫嚷一陣，至少把施法的光頭長海伯騷擾得功力消退。

「光頭長海伯？我看他根本是《白蛇傳》裡的法海和尚，專搞感情破壞的無聊野和尚。收妖？我看他才是欠收的大怪。」

長海伯是我阿叔的老朋友，人家好好坐在家裡，是阿叔特禮聘來的，他還自備道具，不收酬勞，阿叔沒喊停，我若制止他施法，不也奇怪嗎？柳景元說的法海和尚，好像是白蛇和青蛇反抗，作法水淹金山寺，有舉火把去燒法海和尚的老巢嗎？我不太記得清楚，這種正經考試不會考的事，有的沒的古典傳奇小說，我向來不太在乎。柳景元聽得發火，我不好再同他辯證。

法海和尚的第二招，被柳景元猜中。他的火刑用到一個段落，扔出雙火把之前，又猛敲芒果樹身兩大下，如道士祭煞收鑼。他腳健手健翻爬出牆垣，就這麼站在稻穀牆垣上，洪鐘似的下令：「放水——淹。」

阿叔趕緊從玉蘭樹下的湧泉池接引水管，將冰涼泉水嘩嘩灌進紅色塑膠布密實的城中，泉水越淹越高，水線淹過用過火刑的樹身，還冒水氣。

「可惡的法海老和尚！他要把芒果樹淹泡多久？純泡水嗎？你又幫做什麼？」柳景元收了網袋長竿，我得提防他用竹竿夯我，因他氣得臉發白又轉紅。

我還得老實說：「灌水的塑膠管是我幫拉的，還有，還有長海伯的摩托車還載來一包五十公斤的粗鹽，那包鹽，我，是我幫撒的。」

「撒在哪裡？一整包撒在哪裡？用這麼濃毒的鹽水把老芒果樹浸泡七天七夜，你不阻止，還當幫凶。翊哥，你少哪根筋？不制止已可憐，還聽那法海和尚的髒步數下毒手，你簡直跟他一樣可惡，跟許仙一樣愚笨！」

柳景元胡罵一通，把我扯進《白蛇傳》，他這個人常為這種與自己無關的大小事，氣得抓狂，這事，幸好發生在六年前，要是發生在六天前，他的反應會怎樣，眞不敢想像。

後來呢？

後來，我們都被老芒果樹打敗了。

它在長海伯毒辣火刑和浸泡七天鹽水後，才十天，傷痕纍纍的它，突然在深夜綻開滿樹黃花，燦爛光彩，比鯉魚村任何一棵芒果樹的生機都旺盛，黃花密密開，蜜蜂、蝴蝶成群來，光是它的芒果蜜都要多收幾十箱了。

那年，老芒果樹奮力長出的果實，碩大又香甜，好吃。

柳景元搖頭苦笑，笑得多老，他居然瘋瘋的舉智仁勇三指，向老芒果樹行童軍禮，敬禮——。

我趁採摘芒果的休閒時光，向柳景元講述老芒果樹慘遭毒手又回魂轉健的故事，希望這個故事能流傳下去，也是工作的閒聊。我一直認為，憑柳景元的記性、觀察力、意見多、表達精確和感情充沛、分析到位和多讀閒書的種種優點，他將來若不當作家，不管業餘或專業作家，都可惜。

我希望他記得把這棵苦命又堅強的「心性不定，情緒不穩的百年芒果樹」寫下來，不過，他若顧念我們的情誼，他還有一點良知，該不會在故事中對我批判吐槽，讓我壞事傳千里才對。

⊙初見溫婉美麗的夢幻俠薈姐

我們搭啞子伯的蹦蹦爬山車在長老教會卸貨，省了氣力也保存青芒果的肥碩完整和芳香美味。

夢幻俠薈姐穿一襲寬鬆棉衣，雙手合疊站在主日學教室門口，晨光穿過簷前停留的雨滴，在教室白牆閃爍彩光，薈姐比我想像的年輕好多，也精神光采好多，她端莊站立，除了晨風中微微揚起的馬尾髮辮末梢，她一動也不動。

薈姐看我們扛抬兩大麻袋下車，只看著，耳目都含笑，只不問也沒過來扛幫的意思。她淺紫的棉裙到腳踝，有著皺褶波浪有韻律感的裙襬，裙襬兩邊各站老貓米莉和隨薈姐來我們山村的哈士奇狗彈簧——唐璜。

薈姐給我的第一印象，挺正常，甚至有不同一般的溫婉美麗。望著她，我不禁笑起來。我的笑，似乎嚇到柳景元：「扛青芒果有這麼好笑，才第一次見面，小心點，別笑成這樣。」

我是看見薈姐裙襬旁蹲坐守護的米莉和唐璜，牠們假若是一隻小老虎和一匹迷你馬之類的動物，薈姐傳說的俠女英氣，應當更彰顯，可惜是兩隻小寵物，遜色了些。

我這一想，又笑。柳景元看不過去似的：「牙白不？」他告訴薈姐，青芒果是我家自產，採來請主日學的小朋友吃。介紹我讓薈姐認識：「他叫阿翔牯，不是我的朋友，是我失散多年的哥哥，最近才找到。他做太多工，有點被虐待，所以個子比我小，不過小小的也是哥哥。薈姐一定要多吃幾顆青芒果，這棵樹有個被凌遲苦毒的故事，它才能生出這麼好吃的芒果，這芒果是很有能量，很能讓人堅強又健康的。薈姐想知道，我們再說給你聽。」

柳景元說話向來正經和詼諧夾雜，事實和誇張交叉，可他說的又半點不假，他喜歡這種說話方式，讓聽者專心一意或接下一句話，不習慣的人，以為他唬弄。

第一次聽柳景元對人說「阿翔牯是我失散多年的哥哥」，覺得有點肉麻又高興，原來他心裡認定比我小三個月也願和我親近。也許是他發現我們的心電頻率和靜電磁場相通、相容？可我還覺得玄，比有些莫測高深的人，講星座、血型來判定個性和同誰合不合得來，更玄。

柳景元說我是他失散多年的哥哥，讓我又想起阿信牯，我那三歲被抱養的小弟，我就笑不出來了。

「別聽景元鬧，阿翔牯笑容開朗，牙齒雪白整齊。景元嫉妒，叫你不笑，你想笑就笑，別聽他的。阿翔牯，薈姊告訴你，憑你這眞誠笑容，你走到哪裡，沒人攔得了你，生你氣的人總要原諒你，對你好的人終要疼愛你，罵你的人，說兩句就罵不下去了。」

薈姊的說法，比柳景元的頻率說和磁場論毫不遜色，學過哲學和神學的人，還有愛看各類閒雜書的人，都會變成這樣嗎？特別是他們住進了教會，行為舉止更玄了。

不過，第一次和薈姐見面，她這麼說，我還是聽得舒坦，看她身旁的哈士奇、唐璜和波斯米莉，也沒對我表示不友善，米莉認出我，甚至喵喵叫的用牠肥胖白毛的身子來磨搓我小腿，我想到牠用腳爪搔刮玻璃的新特技，和唐璜喜愛讓人拿橡皮筋彈鼻頭的特殊遊戲，我又笑了。

我順手抱起米莉，牠乖乖窩在我懷裡，扭轉脖子，舔我臉頰，米莉和我是老朋友啦，可我很少抱牠。若牧師娘沒意見，也許我和柳景元可以再幫牠開發幾項特技，像特技貓，牠在教友聚會和主日學教室當巡堂執事的派頭，可就更威風了，特別是愛四處丟石頭的鯉魚長谷的孩子，不太敢再對窗玻璃下手。

新來的哈士奇唐璜，果真有一張英俊又乾淨的狼臉，牠的眼神比米莉機靈有感的多。牠的後腳裝了超級彈簧似的，從我抱起米莉，便一跳再跳，越跳越高，跳起來細看米莉在我懷裡怎麼撒嬌。

唐璜跳不累，我卻都看得眼花。我說：「要不要幫唐璜彈鼻頭？順便讓米莉抓搔玻璃？」

牧師娘似乎監視我們許久，她趕緊推紗門出來，說：「翔牯，好久沒來了，幾步路都懶得走。主日學教室沒蚊子，怎不來準備功課。」

牧師娘知道我和柳景元採摘兩大蔴袋青芒果，我們說什麼，她大概也聽得清楚。向來親切又熱心的牧師娘是教會司琴，是主日學從小一到高三的課業輔導老師和特任心理輔導專家。柳景元說他阿姨是台灣大學人類學研究所碩士生，因爲就近研究平埔族巴則海人遷徙和基督長老教會宣教關係，才鼓勵徐牧師來我們鯉魚長谷擔任駐堂牧師。

她看我和薈姊、柳景元和米莉、唐璜開心相見歡，似乎還不放心，也不好走靠過來參加，只好溫柔客氣又堅定清晰的說：「翔牯，你要愛護動物，神才會賜福給你，才會愛護你，指引你們考試考得順利。謝謝你們的青芒果，可以幫我扛進教室嗎？」

不是我愛笑，牧師娘神經衰弱的緊張樣，若能改看我們是一隊有愛心又有特技的團隊，也許會放鬆些，會好過些，也可以保持她著名的親切熱心的優雅儀態。

第六章　景山鐵橋的山賊鍋野宴

薈姊也擔任主日學國三班的國文、英文和數學課業指導老師，包括我和柳景元在內的七個三義國中應屆畢業生和兩個重考生，每週一、三、五放學後在教會主日學教室溫習功課，教會不收輔導費，還供應晚餐和好吃的椰漿西米露和冰涼綠豆湯。

我們若沒在聯考掙得好成績，實在對不起耶穌基督，對不起徐牧師、牧師娘和薈姊，也對不起我們自己。

可是我們溫習功課的氣氛，始終不太緊張，沒有大戰來臨前的肅殺寧靜，反而很平安喜樂，甚至有一種詭異的參加嘉年華會或萬聖節化妝晚會的興奮期待。

這好嗎？

我們溫習功課的氣氛會變成這樣，該是薈姊一手調控出來的。她說：「很好，這是我讀書多年的心得；『讀書要有休閒時的專注，休閒時要有讀書時的從容』，很多人都弄錯了，害得讀書時有一種休閒的散漫，休閒時又放心不下，摻了讀書時的緊張。讀書要從容，休閒要專注，這樣才不會讀死書，讀苦書。」

薈姊說得好像有道理，我們卻始終分不清專注和緊張的分別，弄不明白從容和散漫的差異。薈姊研究過枯燥的神學和哲學（枯燥是我以爲，薈姊說有趣得很），又是景觀規劃和海洋生態雙料博士，她的讀書心得，肯定有參用價値。不過我們的腦筋構造可能跟她不太一樣，她的資質天賦不是我們這種山村少年搆著邊的。

我卻這麼想，不管我能不能做到「讀書有休閒的專注，休閒有讀書的從容」，不管未來的考試能不能考出好成績，薈姊的讀書態度，讓我讀國文不再讀出苦澀味，讀英文不再讀出口吃結巴，演算數學也不再老是自行打結。

我不覺得自己進步多少，但面對教科書，面對即將到來的聯考，卻不再覺得它們恐怖到令人厭煩，不再覺得它們神聖得讓人顫抖。依薈姊的感受，讀書是可以讀出心得，即使嚴肅的學術研究，也可以研究出樂趣。

我不知傳說中薈姊的躁鬱病症，有多重多淺，也不知這和她讀那麼多書有多緊多疏的牽連，她被傳說的病症是怎麼來的，讀書會讓人讀出躁鬱症嗎？可是薈姊的讀書態度多麼健康，她也堅持我們不要苦讀，教我們拒絕死讀。

什麼叫苦讀？什麼叫死讀？她說慢慢從相處的生活中告訴我們。

我喜歡在晚風習習的主日學教室溫習功課。這裡有紗窗，所有敞開的門窗不怕蚊蟲來騷擾；這裡有風韻優雅的雙料博士薈姊為我們解答任何課業內、課業外的問題；這裡有頻率和磁場跟我契合的柳景元同窗共讀；這裡是我生長的山村，這些陸續從遠方外地來的朋友，讓我發現我們的寧靜和偏遠，也可吸引人，可以安頓煩躁身心，可以容納不如意的人，而我之前並不知。

⊙山東老馬的野饅頭

薈姊送我和柳景元各一張野餐請柬。

沒錯，正式的請柬邀我們兩人去觀音寺的龍騰溪口野餐。

手工請柬，精細的摺紙卡片。給我的是直式的紅卡片，細緻的白色顏料畫半座鐵橋，一列亮閃閃的火車駛出隧道，隧道口的頂上，有個晃盪秋千的人。

送給柳景元的請柬則是海藍色的橫式卡片，重點是那座鐵橋，橋下用白顏料和金粉彩繪的十二座秋千，特技表演似的讓十二個少年晃盪出不成弧度和高度。

看來非常夢幻又美好。

請柬內說明：星期六傍晚五點在教會門口集合，餐名山賊鍋，陪客唐璜和米莉。附註：正努力邀請徐牧師和牧師娘出席。

牧師娘讀了三年的人類研究所，要去參加論文口考，徐牧師開車陪她去壯膽，入夜後才回來，不知能否趕上我們的山賊鍋野餐。

薈姊野餐請柬的考究，據柳景元研判，這裡有很濃的日本風味，也就是戲劇化的美感和儀式性的精緻。柳景元的五姨住日本福岡（他有六個親阿姨），他曾連續三年暑假住在福岡，對山賊鍋野餐請柬，他毫不含糊，也手工製作一張回謝卡，表示我們將如期應邀。

這種日本和風的戲劇化和儀式性，慎重且好玩，可我總覺得有一種扮家家酒似的詼諧。柳景元雙手靈巧，玩心又重，我只好撿頭拾尾的幫他完成「兩隻海豚高興騰躍在海浪上」的回謝卡，層層波浪是摺紙細編，兩隻海豚則剪紙黏貼，還裝飾了金色浪花——菊花狀的花朵。

我們又在主日學曬衣場找來兩枚木製衣夾，各黏一隻紅熟螃蟹，這兩隻高舉紺紅螯的紅螃蟹是我手指抽筋才完成的，夾在海藍色卡片的足跡的海浪底層。啥意思？

柳景元說「蟹蟹——謝謝」。

夢幻俠薈姊不愧是在日本留學九年的高材生，我和柳景元把山賊鍋野餐回謝卡送交給她，她揚聲驚呼：「卡哇伊（好可愛）！你們眞是有禮貌的台灣少年。傍晚的山賊鍋肯定要加料，讓你們吃到唱歌爲止。對了，你們可以各自帶來拿手樂器嗎？可能的話，我們來場餐後音樂會。」

我學過二胡和竹笛，柳景元學吉他和鈴鼓，我們的歌聲和琴藝頂多過得去，不過，既然是餐後餘興的鐵橋音樂會，我們也不想客氣，大家高興就好。

不知柳景元玩心太重，還是眞不怕煩瑣，他在週末早上送回謝卡之前，特地到「鯉魚百貨公司」的老馬雜貨店，請退伍軍人的山東老鄉，爲我們蒸一籠野饅頭。而且指定是三色野饅頭。野饅頭當我們的伴手禮，抹果醬或包罐頭鯖魚，當我們的主食，也讓波斯米莉和哈士奇唐璜享用新口味。

野饅頭對拚山賊鍋，三色的山東野饅頭對拚內容不詳的日本風味山賊鍋，柳景元想得出來，應該很有拚頭吧。

你知我們鯉魚村的山東野饅頭，怎麼回事？

老馬是我們山村五十年來唯一的外省人，他的雜貨店一開半世紀。你就知道我們這個由河洛人、客家人和平埔族巴則海人共居的村落，對他多麼接納。老馬多麼努力聽與說這三種族群語言，我們多麼努力分辨他敲大鑼、打大鼓似的山東國語。你就知道他在我們山村的人緣，若不礙於他識字不多，選個村長的問題應不大。

老馬有多老，我小時候看他就是這麼老，老定了型，就像他的山東國語、山東河洛話、山東客家話（海豐腔）和山東巴則海話，也像他每週一、三、五傍晚在國小校門口和上山下村落叫賣的野饅頭，沒變。

野——饅頭！

就是熱——饅頭！你怕了吧？

老馬雜貨店的貨量不多，但貨品複雜，誰想得到的日常用品、柴米油鹽醬醋茶、鍋碗瓢盆、婚喪喜慶必需品、郵件代辦、尋人留言和債務協調、家族恩怨排解和早期的電話代接及村務廣播，老馬雜貨店統包統辦。

不說山東人脾氣不那麼和善嗎？老馬冷面熱心腸的好請託、好說話，似乎和山東人的傳統形象不符，老馬卻說：「誰告訴你山東人粗野不文，大嗓門沒氣質。小子！我提醒你、警告你們！孔老夫子可是咱山東老鄉，他高大可斯文，他大嗓門可有學問哪！我老馬要不是生不逢時，一出生就逃軍閥的難、躲日本人的槍火，和共產黨打內戰，要是好好在學校讀幾本書，也讀得起來的。」

柳景元和我到老馬雜貨店找他特製三色野饅頭，他問得特清楚，興致特高，尤其聽說要對拚日本山賊鍋，他的宿仇舊恨全化成昂揚鬥志；再聽說陪客包括日本空運來台的哈士奇唐璜和波斯米莉，他說：「咱不能輸！」

他馬上決定將用植物性奶油的黃和天然烏糖的淺咖啡以及原本的高筋白麵粉，做成有機營養的三色野饅頭，而且每一粒放大，整整半斤，做出國徽十二道光芒，十二天干地支的十二粒野饅頭。

老馬也太愛國、太賣弄學問了。柳景元沒想到老馬興致勃勃，一口答應，讚美他熱心可嘉。

老馬趁勢又說：「我老馬本事不多，既然找上我，我都全力以赴，你這麼謳樂（讚美）就說遠了。你們兩個愣小子，給我好好聽著，熱心這回事，說到底就是這樣，『熱心沒目的是結善緣，熱心有目的是做關係。』我老馬孤家寡人來台灣，像台灣人說的『兩隻腳夾一個囊葩』跑來鯉魚村落腳，這一住五十年，比我在老家山東的時日多了三倍也不止。我在這裡娶了老婆，養三個壯丁，各個順利成家業，教書的、搞電腦的、搞建築的。我們憑的是什麼：以沒目的的熱心去結善緣，就這麼回事。」

老馬早也知道我家阿信牯三歲被抱養失散的事。雜貨店對村人和外人都是資訊情報中心，我曾請老馬留意阿信牯的消息，每次我從店門經過，老馬常探出來招呼：「阿翔牯，找人和躲人都是不容易的事，就像等人和求人，也都難過。我會幫你留意，你別太放心上，誤了眼前事，也不好。」

不因爲雜貨店離長老敎會幾步路，老馬說起薈姊也不陌生，他罵說：「這丫頭煮山賊鍋，也不同我招呼一聲，她今早來買粉絲、蛋、木耳、豆瓣醬，一買十幾樣，也沒說要辦桌，你看她有沒良心？怕我給學上吧？」

薈姊是一個孩子的媽，快四十歲了，怎叫她丫頭？

「在我看來，她就是丫頭。這丫頭是有教養的讀書人，雖然有點怪怪的日本淑女味道，談吐舉止倒也有分寸、有學問的樣子，只有那麼一點失神。她不太同村裡這些鄉巴佬瞎扯淡，你們兩個愣小子憑啥讓她看重了？」

「薈姊是我和阿翔牯的課業輔導老師，我們是她最守規矩、最有禮貌又最帥的學生，她不請我們，請誰呀？」

「景元，你帥？你照鏡子，看看有沒阿翔牯一半帥。你看阿翔牯飽滿天庭、一口好牙的笑和會放電的琥珀眼珠子，你是沾人家的光，還不認分點。」老馬說：「景元，你一人在外，儘管出外靠朋友，你也得懂得照顧自己，健康和安全是自個兒的身家事，別讓爸媽和旁人操心，你爸媽在上海或東莞來來去去，為事業打拚，也是為你們一家打拚，你好，他們沒後顧之憂，他們就好了。阿翔牯是你親弟兄一樣的朋友，你有名的壞脾氣，別欺負到人家頭上，阿翔牯古意實在，他若吞忍包容，別以為是怕你服你，你心中得琢磨，好朋友是前世福報，珍惜，別折福啦。」

柳景元大笑：「老馬心疼他，就在三色野饅頭幫他再做大，我請他吃三粒，對他夠好。」

「看看你這壞心眼！存心讓阿翔牯撐著了？好意思說你守規矩、有禮貌又帥。景元呀，你跑過幾些外地，有點見識，你在外頭多讀幾本書，開點眼界，可有見識還得有長進，開眼界還得看得深遠，否則也不算數。我和阿翔牯是這種山村鄉巴佬，也不是土包子，你敢瞧誰不起，我，我就拿野饅頭砸你一頭包；我揉的野饅頭可扎實喲。」

柳景元告饒，一臉無辜：「我啥也沒說，都是你編派。」

我喜歡聽柳景元和人閒聊或耍嘴抬槓，聽他話鋒高來低去，轉來繞去的機智和博學，我喜歡聽柳景元正經又詼諧的舉例，還有他軟中帶硬的回馬槍做談話結束的技巧。我若能跟他學個一招半式，也不壞。

⊙桃源勝境在鯉魚長谷

我背二胡和竹笛，又在教會背來一背袋的食材和水。柳景元帶他的吉他和鈴鼓，背薈姊妥備的黑陶鍋和瓦斯爐，薈姊只能在老馬雜貨店挑揀三粒比人頭小不了多少的三色野饅頭，她抱著小提琴，胸前掛口琴，肩背一只鼓脹的白布包。

哈士奇唐璜和波斯米莉跟前跟後的團團走，牠們精神好，神情愉悅。我們抱著、背著的配備眞不少，也因爲這樣，更像一隊來自異域的唱遊藝人，有吉普賽人的流浪風情或是遠行尋親的神祕家族陣勢。

初夏的鯉魚長谷，清淨明亮、橙紅大夕陽在七點過後，才會沉落廣闊的大安溪出海口，被它逐層染色的隧道、鐵橋、水庫大壩、蒼鬱山壁和景山溪流淌的清水，都有了幻化多姿的樣態。

景山鐵橋是我和柳景元常來閒坐、散步或讀書的所在，不論晨光或黃昏的景色，我們都熟悉。這天，因爲專程和薈姊、哈士奇唐璜和波斯貓米莉來享用山賊鍋野餐，心情別樣，氛圍不同，山水景觀和鐵道的形貌，也被橙紅夕照塗敷出更明豔色彩。

山賊鍋的盛器是約莫一公分厚的粗黑大陶鍋。直徑三十公分開口，矮墩墩的鍋沿有一對鍋耳和沉重無比的黑陶鍋蓋，架在旅行瓦斯爐上，眞怕它會壓沉爐子，引發鍋爐爆炸。

柳景元向來喜歡遊戲性野餐，再美化的說法是他對創意思考和行動有高度熱愛，也樂於努力實現。他常罵說：「翔哥，你再有那麼多恐怖想像，小心你長不高。」我頂他：「你分背重一點，我就長高了，敢說！」

我們的山賊鍋和瓦斯爐架設在景山隧道鐵橋頭。右邊遠處是梅雨季節以來天天放水的鯉魚潭水庫大壩，自溪底聳起至少五十樓高的壩堤，由粗礪而齊整的泥層層砌築，像一座超大型的現代雕塑藝術品，在夕照投射下，由碧綠山水襯托著展示。

山賊鍋瓦斯爐的左手邊，是狹長的鯉魚長谷全景，稻田、木瓜園、村落、墳場、香水百合栽植花圃和如拱的新山線鐵橋，它們在青翠的北片山和枕頭山夾擁中，靜好的鋪展。如畫的形容太庸俗，可我就覺得，它們是一幅田園牧歌的印象派畫。這雖是柳景元提醒我的，我毫無意見的同意。

是我見識太少，還是對自己生長的家鄉偏心，我總以爲，世上若有桃源勝境，我以爲我們鯉魚村就是，才會有這麼多人來到這裡，捨不得走。像柳景元、薈姊、更早來的巴則海人、山東老馬和即將和我相見的阿茲和漂泊者馬各，這些人雖有不同程度的古怪，畢竟他們都被鯉魚長谷吸引，而且住下來了。

⊙豪邁的山賊鍋是精緻料理

看薈姊料理山賊鍋，是一種藝術享受，就像柳景元說的日本風味「戲劇性的美感和儀式性的精緻」，優雅好看而且色彩豐富，加上薈姊日本腔華語解釋，整個山賊鍋的形成簡直是淵源悠久而且斯文有勁。

半鍋湯底鋪兩條剖半白蘿蔔、一整條紅蘿蔔和兩朵香菇，薈姊說：「蘿蔔清甜又滋養，香菇耐煮，在山賊鍋發源地的日本關東山區，取材很方便。事實上，山賊鍋料理有些原則，但沒有一定素材，它是很方便的料理，連忙碌的山賊都自己炊煮，它再麻煩也有限的。」

「忙碌的山賊」和方便的山賊鍋，薈姊說得正經而溫婉，所以惹笑。像哈士奇唐璜頂著牠愛讓人彈橡皮筋的狗鼻，正經而開心的在景山鐵橋的懸空枕木行走，牠前腳同時向前，後腳同時收縮前移，肩背拱起，像《國家地理雜誌》拍攝的原野奔馳的狼的慢動作特寫鏡頭。

波斯米莉用牠肥軟的貓爪，優雅而驕傲的躡走鐵軌，習習的穿橋風，拂得牠白淨的長毛捲動，牠就這麼直直走去，伴著滑稽的哈士奇唐璜耍寶的走姿，從橋端走到橋尾，將近兩百公尺。

最惹笑的是柳景元，他以現學的日本腔華語，正經宣布：「眞是不簡單的良犬和靈貓。不愧具有高貴的武士血統和浪漫的波斯文化精神，要是換了一般土狗和野貓，看見這樣險峻的鐵橋，可以要尿濕枕木或抱住軌道不敢前進。哎，牠們居然能自行研發新遊戲，令人想起牠們酷愛的彈鼻頭跳躍和尖爪搔玻璃，眞是了不起。」

柳景元搞笑的大本事，就是這種調調，我每每忍不住狂笑，落入他的圈套，心甘情願。

薈姊繼續將整片木耳、菊花瓣、天婦羅片、青椒片、紅白相間梅花豬肉塊排放在冒水泡的蘿蔔湯底上。我們遙望從鐵橋另一端以特技步伐回頭的哈士奇唐璜和波斯米莉，眞慶幸牠們適時折返，像遠途來歸的出走團圓。少了牠們，這一鍋好風味，肯定缺了某種氣氛。薈姊說：「柳景元說得對，」又說：「這鍋菜的食材，全部取自村裡，所以該叫鯉魚村山賊鍋，有力嗎？連這六顆雞蛋也是爬山車大王嚴有溪家的母雞自產，在老馬雜貨店買時還溫的。像你們這樣的少年，多吃蛋，身體好。」

薈姊三指抓蛋，敲鍋沿，蛋破入鍋，一手便完成。她連敲六蛋，漂亮又有力。一個湯鍋加六顆蛋，太有力吧？

薈姊有個隨身布包，是乾坤袋，掏出三枚方型粗陶白碗，三箸和三根粗陶黑湯匙，那三雙箸筷，光滑修長的墨綠底色，彩繪粉白紅櫻，是我這輩子看過最漂亮的筷子。山賊的碗筷這麼考究嗎？

薈姊要我旋開豆瓣醬瓶蓋，在粗陶白碗各舀兩匙，再倒半匙柴魚醬露、半撮青白蔥花，她的乾坤袋又掏出一包海苔和胡椒鹽，以及一本書和整瓶桂花酸梅滷，還有一把長柄湯匙和一本筆記書。

瓦斯爐的火焰熊熊，山賊鍋滾沸了。

柳景元掰開一粒大山東三色野饅頭，饅頭的香味和色澤一樣讓人垂涎。他細細抹上茄汁鯖魚，另一半抹上鳳梨果醬，然後不是招呼我，而是招呼哈士奇唐璜和波斯米莉來享用。無視我的存在，殷勤款待牠們，像款待遠道來客或特技稀客。

哈士奇犬唐璜分到果醬三色野饅頭，波斯貓米莉分到鯖魚口味饅頭，可是牠們不很滿意，不領情，自動交換食物，大口嚼食，神情才恢復愉悅。

山賊鍋可隨機取用食材，在野外圍爐享用，大自然所有景色，溶入熱鍋，滋味也有了變化。薈姊爲我們舀鍋底湯菜，採的也是藝術手法的優美、高雅。方型粗陶的白碗盛裝紅蘿蔔、綠椰菜、花白魚板、黑香菇和海棉凍豆腐，舖排得亂中有序、滾沸中讓人有靜靜品嘗的清涼心情。

薈姊看我們小心食用，她說：「吃山賊鍋跟吃拉麵一樣，聲響越大越好，表示歐依西（好吃）。」

眞的嗎？

⊙柳景元是來路不明的轉學生

薈姊帶來的是一本十九世紀特集，法國詩人波特萊爾的《惡之華》。享用過第一碗山賊鍋，她倒了三杯日本清酒，自顧自暢飲一杯。站在鐵橋的避車平台上，開始朗誦波特萊爾的作品《太陽》：

我將磨亮文學的寶劍
把奇異劍術鍛鍊
然後去世間各角落
尋覓靈光一現的偶然

我甘願被一個字的藤蔓糾纏
忍受劍鋒砍擊金石的顫痛
等待，鴻運讓我巧遇完美詩句
我振筆疾書
祈盼美夢不醒
靈光是我永恆的太陽

這段時日以來，因爲認識愛讀書、偶而也寫詩的柳景元，我聽薈姊朗誦詩，漸漸有些感受，比較能聽懂它的詩意，不會像以前那樣鴨子聽雷，霧煞煞。

我猜想波特萊爾是在寫「靈感」這件事吧？我好像聽柳景元提過，波特萊爾是巴黎有名的頹廢詩人，他寫詩，也寫詩評、詩論和畫評，和當時剛興起的印象派畫家們密切往來，包括梵谷、高更他們，日子也在奢侈豪華和窮酸落魄中循環。

我想不通，這種脫離常軌的詩人好嗎？詩人都要跳偏生活的平凡嗎？讀這種古怪人物寫的詩好嗎？唐詩三百首都讀不完，幹嘛去讀法國詩人的詩？

更重要的問題是，讀這種詩，就算感受很美，也有想像空間，但它描述的情境，跟我在山村的少年生活有何相干？

還有，最要緊的是，我們學校內或學校外的考試，會考這些有的沒的詩嗎？讀這些詩、背這些詩，有用沒用怎麼看呢？

這些問題，我問過柳景元，他回說得不明不白：「讀書，讀到現在有用，將來未必有用；讀到現在沒用的書，將來不見得沒用。讀書要讀得有感受、有感動、有想法、有思考，讀得出快樂的滋味最重要。」

柳景元不知哪找來的小本色情書，我們每次看得笑嘻嘻，看得渾身燥熱的硬梆梆，看得暈頭轉向的很有感受，還書以後還會想起，這種書難道也是有用嗎？

柳景元想也不想，一口回說：「對，它們也有用。」

他根本胡扯，既然有用，被老師查到，為何還要送去訓導處記過寫悔過書？

法國詩人波特萊爾的這首《太陽》的詩意，果然被我猜中，我應該早點宣布，讓他們知道我的語文程度不會太差。可惜，我猶豫的毛病，讓我沒說出口，恨。

柳景元哪來的豹膽，在雙料博士面前，也敢表示意見：「《太陽》應該是波特萊爾早期的作品，對於藝術的靈感或生命的靈光一現，他在中年後的認識就大大不同，他不再尋覓偶然，不再等待巧遇。薈姊請翻開《惡之華》第一六〇頁，」柳景元面對漆黯的景山隧道口，跨腿站在懸空的鐵橋枕木，橙紅夕照把他的側臉和高挺的鼻樑照得發亮，他像個不溫馴的學生，有主見的學生，特別像聰慧健壯的少年，誰知這樣好看的人，在幾個月後將被癌細胞糾纏病倒？他態度堅定、語調清晰且優雅的說：「波特萊爾說：靈感是堅持的毅力和精神上的熱情，一種使藝術心智保持警覺，呼之即來，卻不能揮之即去的能力。波特萊爾漸漸並不認同靈感的偶然和巧遇。」

薈姊請我放下方型粗陶白碗和精緻美麗的筷子，她說：「阿翔牯，鼓掌。爲柳景元拍手，也爲你結交這麼聰慧靈動的朋友拍手。」她自己也拚力拍掌，像收到一個得意門生或巧遇新詩人喝采。

我不太聽得懂柳景元的意思，可他的國語在這種場合說來特別方正腔圓，特別悅耳動聽，跟平常的嘎嘎，非常不同，當然也該鼓掌嘉勉。

柳景元像接受喝采的舞台巨星，被超大型的夕陽照射，閃閃發光：「波特萊爾不愧是巴黎最出色的詩人，他爲靈感所下的定義，採用了生動的意象。他說：靈感，是藝術的特技演員每日傷筋折骨練習的應得報償。」

是我們鯉魚長谷的橙紅夕陽使得發亮，還是他的藝術修養讓他發光？或是有知識又有常識的薈姊熱烈的掌聲，爲他增添光彩？

我們班的同學，對他這個來路不明的轉學生，很難感興趣。他住過的東莞、上海和吉隆坡，對我們太遙遠、太陌生，包括全校老師和學生，沒人去過。同學們對柳景元的思想言論和行爲舉止，多半不明白也無所謂。我是比較少數的例外，我常覺得有趣。

⊙喚醒在遙遠的故國山河夢遊的老師

有一次地理課，林老師發小考考卷，照例又是黃河流域的十個地名，長江流域十個城市和我國沿海的五個港口，我知道柳景元記性不錯，可這種五個、十個的地名，他總背得零零落落，還嘮叨嘀咕！

這次，他扭了筋，居然敎跟敎師抗議，爲什麼又考這種沒營養的題目，背這麼多中國大陸的地名有啥意思？

幸好，林老師心頭順，沒惱火，反問柳景元啥才是有營養的地理測驗題？

柳景元像跑江湖的某流派少俠，也不怕：「像我們大甲溪沿岸有啥鄉鎭？台灣縱貫鐵路經過哪十個城市？台灣沿岸有哪五個港口？還有台灣的三叉河是什麼所在？眞要死背、背我們生長的台灣也是要緊的。記那麼多一輩子去不到的地方，自己生長的地方卻迷糊不懂，太奇怪。」

林老師的地理課，向來以乏味著名。他捧著課本照唸，偶而抬眼凝視天花板吊燈，誰在打盹、看課外書或寫作業，採取完全不理睬、不互動也不責備三不主義的純粹教書，要是選拔爛芭樂老師，他會高票當選。我是班長，但又能怎樣？

我不太確定柳景元說的有沒道理，但至少他勇氣可嘉。我們這些山村少年對地理老師沒反應，說到底，不是兩不相干的自求多福，便是茫茫瞎混的和平相處，再說到底，我們根本是典型鄉愿的沒膽抗訴。

地理老師非但沒惱羞成怒，竟被喚醒似的找尋發言的柳景元，居然說：「這種課文教了二十年，我也教得很枯燥、很無趣，要是能有你說的那種課文，我們順便坐火車去郊遊、騎腳踏車去勘察，那會有趣得多。同學們有誰知道三叉河在哪裡？」

沒人回答，或許被突然甦醒的林老師嚇到，或許眞的無人知曉。我知道三叉河就是咱三義的舊地名，我聽阿叔講過，但阿叔說的事怎可能和教室的學問有關，我不敢回答。這一猶豫，地理老師的答案揭曉，果然是咱三義老地名！

恨！

只要加一點點勇氣，我就說出標準答案，儘管沒分數，總也讓木頭老師知道我們班還有人醒著、注意著。

最可惡的是柳景元，他這原始出題人，既不提示我一下，幫我確定一下我知道的答案。在老師公布答案後，還傾身斜望我，笑笑的，無聲的說了兩個字，我看很十分清楚，那嘴形說的居然是「活該」兩字！

「活該」什麼？這種有的沒的身邊事、身邊地名，跟考試根本無關，他知道一大堆，將來拿到正式考卷，哭死好了。

我回瞪柳景元，才這麼想著，我的心意居然從柳景元的心電頻率轉送剛甦醒的木頭老師。他精神飽足的說：「這種地理觀念和常識，跟在座多數同學未來人生大有關係，雖然考試不考，但大家將來的生活總要出現，總要被考到。要是大家有興趣，不反對，我可以自編一本苗栗地理課本，在正規課餘，教教大家。」

我們班同學沒反應，也就是教不教都無所謂，就像我們對許多切身的或遙遠的事物，沒啥意見，反正大家從小都習慣這種平凡、平靜的平常心，我們不覺得有意見或沒意見，對事對人會有啥影響、能有啥改變，我這班長的習慣是這樣、想法是這樣，沒錯，可不能說是我造成的局面。

柳景元轉學到我們班來，一直看不過我們這種「鄉巴佬德性」，他有看不慣的自由，但別想強力改變我們的集體個性，要不，他就是土霸王。有句話，我想告訴他，想了很久，不知怎麼講，今天早上，雜貨店的山東老馬幫我說出來了：「山村鄉巴佬，也不是土包子。」柳景元最好別太傲慢、太任性、太有那麼大量偏見的主見。否則，再說。

地理老師甦醒後，從此不再夢遊式的上課，他知道我們班至少有柳景元認眞聽他的課，再加上我這個班長也沒打馬虎眼，他的地理課越上越來勁，越上越精采，還說到做到的自編一本《平埔貓里·客家苗栗地理篇》的小冊，自繪半張黑板大的苗栗掛圖、幻燈片和精采生動又好笑的苗栗故事，也許他知道柳景元寄住鯉魚村基督長老教會，也許也知我是鯉魚村子弟，特地爲鯉魚長谷繪了一張比例精確的彩色地圖。

我才眞正認識自己居住的地方：聖王崎下。埔尾、鯉魚口、南片山下、三櫃、十份、五櫃坪、下竹圍、景山溪和龍騰溪、北片山和我們上山下的相關位置。生活的現實場景和地名，變成彩色地圖的記號和名稱，山的註記、溪的註記、鐵道的註記、房舍和教堂的註記，彷彿一切更加確定，有一種既縮小比例又放大印象的效果，鯉魚長谷似乎變得更有學問似的。

不客氣的說，林老師幾乎從植物人變成了單口相聲演員，他的地理課從此變成第一叫好的課，雖然仍不算主科（我這樣說可以嗎？柳景元有意見嗎？）但我們歡迎他、尊敬他。

我想，這多少和柳景元對他的刺激有關吧？

⊙紅玫瑰是蚊子血和硃砂痣

在景山鐵橋端的薈姊，煮山賊鍋，又讀波特萊爾詩集，她熱烈的掌聲，也是受到柳景元的震撼和刺激吧？

我沒記錯，柳景元至少還刺激過國文老師和木雕老街尾一戶豪華樓房的主人，過程有點緊張，不過很有學問、很有趣，我們還因此享用了幾餐食堂粄條湯麵。

我們新來的國文女老師，據說是師大公費高材生，被派來我們鄉下教書，本來是義務約定，可她有點不高興。誰不開心，都有一百種公開的好理由和一百種眞正的不舒坦，反正，朱老師的上課情緒，讓我們感受到不甘願，她和我們的上課對談，讓我們覺得自己沒水平，我們程度太不夠。她只肯按照課本教，不像前個國文老師還會在教科書內夾一本參考書，做延伸解釋。她最常抱怨的是，鄉下缺少文化刺激，沒有進修管道，連像樣的男性同胞也很少很少很少很少。

我們幫得了忙嗎？就算她倒楣分發來山城小鄉，教我們這群沒見識的鄉巴佬學生，可我們從小住在這裡，要說倒楣，又跟誰說？

那是柳景元轉來我們班的第三個月，我記得已入冬換季了，大都會淑女的朱老師不知怎麼想，穿一襲淺藍亮綢的高領旗袍，外套長袖米色薄毛衣，腳上則是深藍綢面布鞋，穿遮踝白襪，我們鄉巴佬沒見識，也知這是清末民初的北平女大學生裝扮，唬誰呀。

果不然，她自招了，說是師大國文系的系服，仿民國初年北京、上海女學生流行打扮。說著，說起上海一位女作家，是她最崇拜的偶像，外傳的珍貴照片中，有一幀就是這淑女裝，不只當時的上海文藝青年著迷，隔了四十年流傳到隔海的台灣，照樣讓人傾心仰慕。

我們不懂朱老師仰慕的是這位不得了女作家的淑女裝，還是她的文學作品。她甚至連女作家的名字和作品名稱都不肯透露，好像什麼不得了的秘密，一旦洩密，就會損害她的崇拜，或會發生什麼不得了的污辱，因爲「說了你們也不知」。

我簡直聽不下去，但明明也不知，只好以班長身份問說：「國文課本有她的作品嗎？」

朱老師難得大笑，說：「你們就知道國文課本。其實眞正精彩的文章，國文課本限於主題、篇幅或作者的種種身分，還不一定選得進來。」

我鼓起生平最大勇氣，面對這位都會淑女，仿古的民國初年女學生：「那妳就介紹我們認識，讓我們讀一讀她偉大的作品。」

朱老師搖頭，還是微笑，很自信、很頑固、很硬頸的微笑。

柳景元站起身，就這麼沒頭沒尾的背誦一段文章：

每一個男子全都有過這樣的兩個女人，至少兩個。娶了紅玫瑰，久而久之，紅的也許變了牆上的一抹蚊子血，白的卻還是「床前明月光」；娶了白玫瑰，白的便是衣服上沾的一粒飯黏子，紅的卻是心口上一顆硃砂痣。

女作家張愛玲的小說作品《紅玫瑰和白玫瑰》

一身藍天白雲旗袍裝的仿古都會淑女朱老師，仍微笑，可笑意和眼神的光采，大大不同了。像個被嚇到的節目主持人或觀光客，一腦子鬧鬧的選不定表情，因爲自動上台的觀衆，演出一段讓她意外的段子；或她閒閒說來，對新所在的人表現一點傲慢，卻被個小夥子的身手嚇得睜眼。

我們不知柳景元的答案合不合標準？不知他背誦的什麼「蚊子血和飯黏子，月光和硃砂痣」恰適或離譜？可他一貫風格的咄咄逼人，我看得懂。他出招有力，朱老師險險招架不住，正在調息運功，準備反露兩手。

柳景元說：「前年我住上海，被老爸關一個月禁閉，無聊。要那幫我送飯的上海阿嫂找些書給我看，她找來全是張愛玲的小說；《金鎖記》、《傳奇》、《傾城之戀》和《紅玫瑰和白玫瑰》，《沉香屑》、《未完》、《桂花蒸》、《流言》，都是她看過的書。問她爲啥找張愛玲小說給我看，她說張愛玲曾被父親軟禁半年，處境同我相似，所以看她的書特別解悶。」

柳景元若眞被關一個月禁閉，肯定是他意見多，愛頂嘴，惹火了他老媽、氣壞他老爸，才會吃這苦頭。上海是個啥地方，怎老想禁閉人哪？在我們鯉魚長谷，那個智障阿賢才被關三天，看不下的鄰居就把他救出來了，何況像柳景元這款活潑機靈少年，誰關得住他一天半日，關他的人，厲害。

「解除禁閉第一件事，我請幫傭的上海阿嫂帶我去張愛玲住過的洋房老家，她查出來，在靜安寺路和赫德路口，二樓中央有小天井，張愛玲被關在小房間半年。現在的樓房主人冷淡得要命，老房子看來更冷清。張愛玲的作品，只有南京路上的新華書店勉強有幾本。」柳景元是個會說故事，也愛說故事給人聽的人，不論自家故事或旁人的，讓他說來都像小說般精采，也像小說般真實與想像難分，特別當他正經說來，沉穩敘述時，更像精裝本的小說（他後來借我看精裝本簡體字版的《金鎖記》，正是這情調），他又說：「有些小說看過，情節多半也忘了；有些詩讀過，詩句多半也淡了；殘留記憶的只有情境。《白玫瑰與紅玫瑰》那幾句話，比喻太生動，才碰巧讓我記住。其實，光記得小說家的名字和幾篇小說題目，也沒啥稀罕，要是讀過後，激發靈感，也寫點什麼，那才是自己的。」

柳景元在這時的講話，總淸晰悅耳，仿古淑女的朱老師修養眞好，她靜靜聆聽，不想插嘴、不忍插嘴或插不上嘴，我認爲柳景元的遭遇和這點學問，嚇到她了。

仿古淑女朱老師沒再對那些「蚊子血和飯黏子，月光和硃砂痣」表示任何意見。但她兩年來對我們班上的教學態度和談話語氣，讓我覺得「很不倒楣」的熱忱，讓我們覺得她很有良心的留在山城。

更有趣的是，朱老師從此跟我們稱姊道弟，每學期末必請全班到三叉河粄條食堂大吃五花肉片粄條湯麵加韭菜。我們對她也不錯，逢年過節的客家粿粽、牛汶水薑汁糖水、麻糬讓她吃不完，還兜著走。柳景元送我的第一頂黑呢鴨舌帽，就是第一次去吃五花肉片粄條湯麵不見的，食堂老闆堅持沒看到、沒撿到。

薈姊聽得咯咯笑不停，她終於問了我早想問的話：「柳景元，你眞讀過這麼多書嗎？你眞有這麼好記性嗎？你引用的那些詩文，眞的一字不差嗎？」

柳景元從實招來：「只碰巧讀過，夯不郎當順口背出來，運氣好唄。」

我就知道，哪有人讀那麼多書，他是我弟兄（請記住，景元小我整整三個月，別被他的高個子唬了。)我沒理由嫉妒他,只是太神奇的人,我們最好懷疑一下比較穩當,免得一不小心給唬弄。

我承認柳景元精敏聰慧,包括他神奇的心靈感應和讀心術。他大概也讀出我的得意,嘿,不就是運氣好嗎?他說了:「不過,運氣好,也得有實力,才能常保鴻運亨當,人最怕老以自己的實力猜想別人和他程度相當,這樣,常會看走眼,而且,不長進。」

薈姊又咯咯笑:「這餐山賊鍋,真值得,下次再有機會,換菜色,一樣的鍋,請你們再來嘗嘗看,說不定多邀幾位有趣的朋友分享。」

哈士奇唐璜和波斯貓米莉又躡手躡腳的上路,相偕去走牠們的懸空枕木和鐵軌。薈姊舀兩碗清甜滋養的山賊鍋請牠們,唐璜和米莉仔細聞嗅、舔兩口,也不太賞臉捧場。

景山鐵橋音樂會由薈姊開場,她的小提琴拉得極流暢,演奏的樂曲,旋律極美。她站在鐵橋的避車平台,平台離景山溪河面五十公尺,長髮飄逸的薈姊下頦枕著琴身伸張雙肘演奏起來,既像特技演員,更像小提琴美女,風采迷人,琴藝更精湛。

薈姊說，這首曲子叫〈天賜歡樂〉。

我以竹笛跟隨、柳景元敲擊鈴鼓伴奏，這是我們第一次聽見這首樂曲，能跟隨伴奏得不太離譜，薈姊很滿意，鞋尖輕點節拍，上身伴隨旋律輕搖，好看又好聽哪！

第七章　傷悲的往事是一尾巨大的魚

在最美好的情境，爲什麼總有傷悲隱隱浮現。

在最歡喜時刻，爲什麼遠年遺憾總蠢蠢攪動？

景山鐵橋的山賊鍋野餐接近尾聲，黃昏天色從橙紅漸轉爲灰藍晚煙。風更涼，勁更強，從高聳巨大的鯉魚潭水庫壩堤飛掠的歸鳥，一群群向枕頭山飛近。牠們掠過景山鐵橋時，約好似的，不忘改變飛姿，滑翔通過。牠們該是納悶，而不是向閱兵台敬禮。牠們少見誰人在高聳鐵橋埋鍋造飯、野餐納涼又開音樂會，特別是一貓一犬來閒盪，所以牠們放慢飛速，看個分明。

群鳥滑翔，盤旋飛掠。薈姊跟我們抬頭仰望，又轉身凝視，忽然抹淚啜泣。

柳景元和我都不知怎麼辦，只好讓薈姊自己斟酌，哭到一個段落；激動或平靜都自由，哭或笑都順著感覺走。

先前以爲，薈姊因爲和徐牧師同學情誼，才找到鯉魚長谷來寄住養病，事實上，她對鯉魚村的山川地理並不陌生，她甚至在少女時代，就幾次走過老山線鐵道的所有隧道和鐵橋。她對黃昏歸巢的鳥群景象，是熟悉的，覓食歸巢，不就是滿足溫馨嗎？薈姊卻讀出了荒涼寂寞。

⊙財源滾滾的景山號快餐車

薈姊說：「那年我十三歲，小妹茹小我三歲。我們跟躲債的爸媽在鯉魚村住了半年。我老早就認識雜貨店老馬，也許，我長大變樣了，老馬想不起。不記得也好。小妹茹死在這橋下的景山溪，溺斃的。家人和我二十五年來不曾回到這裡，我們痛。」

我和柳景元無從接口，這是人家隱藏的秘密，心中的劇痛，她自己撕裂開來，也許有意，或許積壓多年的傷口迸了縫線，不得不順勢清理。

生命的傷口如何護理，我們年紀太輕，不知，只有慌忙。

薈姊的父親是個夢想家，發明家，不幸也敗家。

他在一九七〇年代投入水陸兩用遊艇發明，黃豆與豆腐皮一貫作業機和全自動洗衣烘乾機三項發明，獲得專利權也開始量產，「可惜，產品太前端，在人力手工仍廉價的時代，產銷遇上大瓶頸。爸爸每發明一件產品，我家就賣掉一棟房子。」

薈姊的父親是個聰慧，容貌都出眾的私生子。

她祖母是台北江山樓酒家紅牌藝妓，政商界的日本人和台灣人，能認識「一翦梅」的全是要角富商。她偏偏愛上那個取締鬧事酒客的警察渡邊，在一九四五年日本敗戰撤離台灣時遭到遺棄，連同滿週歲的男孩。

「一翦梅」祖母以積蓄在中山北路買下兩家旅館和一家酒吧，專做越戰來台渡假美軍落腳娛樂生意，撫養孩子長大，也不曾再踏入日本國境一步。「一翦梅」祖母並非不知渡邊在東京的下落，她連那家家電商行的貨品都託人去買過，從先進的電子炊飯鍋到烘被機，比委託行的貨品都齊全。

「一翦梅」祖母一手買進的七棟房子，終於在他發明海浪發電機、帷幕玻璃高樓自動防颱保護、全自動蛋糕製作機和火車乘客載運超額警報系統，全部變賣還債，又被債主追討。全台走透透的隻身流浪，終於攜帶妻子和一雙兒女來到鯉魚長谷，這個沒有警察局、沒有公共汽車，只有火車在庄尾的景山鐵橋通過的偏靜山村。

「那是我十三歲的五月，來不及參加畢業考和畢業典禮，和三年級的妹背書包，在這裡休學了。我也許是全校第一名畢業的學生，走得早一點也好，要是債主來頒獎典禮鬧場，所有獎品被他們沒收，又被他們羞辱，我說不定會忍不住哭出來。那些叔伯和阿姨，曾是我爸媽的好朋友、好鄰居。他們不留顏面的發狠，有錯嗎？誰叫老爸做那麼眞實的夢，走著那麼堅定的夢境，讓所有借他資金的人有了更逼眞的發財夢，誰叫老爸欠人錢財，有些還是債主向他的債主借來的。」

薈姊說她老爸坦承這是走投無路的避風頭，是他一生最大的失敗。這樣的話出自驕傲漂亮如孔雀的老爸，出自因夢想而煥發神采的老爸，他終於嘗到生命挫敗的滋味，一種夾雜恐懼、羞辱，無奈和憤怒的酸澀滋味。

她們一家自斷與外界任何聯絡，也都更改了稱呼姓名，租住在下竹圍啞子伯潘有溪的空廢三合院，向曾是鐵路觀光號列車司機的現任爬山車大王，租借另一部閒置車，改裝成全台第一部快餐車。

薈姊的老爸在全台走透透的避債流浪中，來到鯉魚長谷，看到施工中的鯉魚潭水庫大壩，也看到一座生命的活水源頭，又在景山鐵橋下的磚窯巧遇載運磚頭的啞巴爬山車大王。

「鯉魚長谷是地靈人貴的寶地，若不是茹在景山溪涉水撈魚出意外，這裡眞是我們保養生息，再度出發的福田。」

曾是中山女高校花的媽媽，從婆婆手中旅店和酒吧，更改營業爲法式西點麵包和日本料理亭，對於夢想發明家的丈夫，有怨言但無憎恨，有嗔責但無厭惡。在撲倒時只想呵護父女，在逃難時仍想奮起還債。

薈姊說：「我和茹學會做最道地的拉麵、海苔壽司飯糰、味噌湯、五花蔥肉包子、筍絲菜包和香濃豆漿，就是那一年的快餐車生涯學到的。我爸眞是永不屈服的發明王，他把快餐車的引擎動力轉換成煮拉麵、蒸包子的熱能，還能讓我們自製的仙草冰和愛玉冰冰涼透心。」

「景山號快餐車」每天開到鯉魚潭水庫工地，向幾百上千的工人供應點心和午餐。早上十點營業，下午三點收攤，生意好嗎？

光是買壽司米、麵粉和黃豆，就從后里買到豐原，一個月的食材用量，比老馬雜貨店一年進貨量遠要多得多。

茹出事那天下午，爸媽開著收攤的景山號快餐車空車，歡歡喜喜要去豐原進食材。薈姊和茹在鐵橋下的景山溪下車，既是泡水消暑也順便撈幾條肥碩草鰱。

景山溪溪水平靜，水量隨著水庫大壩的加高而逐漸被攔阻減少，只是橋下傍山，僅僅綠蔭都清涼。

景山號快餐車營業九個月就足夠清償所有債務，這時營業整整一年，已有積蓄。老爸又設計了景山二號快餐車，準備好好拚到隔年八月，重回台北就業復學，若大家覺得習慣，對山村生活可以適應，那就留在鯉魚長谷復學，讓景山一、二號快餐車營業到鯉魚潭水庫全部完工，工程人員撤離為止。

薈姊和茹居然對台北生活沒有懷念，即便不再有債主登門的新生活，她們也不眷戀。姊妹倆的學習成績都不讓誰操心，媽說：「一年來的生活，忙碌又平靜，勞累卻滿足，無債一身輕，生活不富裕但有尊嚴，爸媽敢在豐原露面，不必躲躲閃閃的進貨，這生活就有價值了。你們若肯在鯉魚長谷留下，爸媽也高興，我們就認眞做快餐車生意，甘願做鄉下人。妳們天分不錯，又肯用功，在鄉村或都市學校就讀，都不會有影響。」媽嫻靜的氣質、隨處而安的生活態度眞令人欣賞，但她對爸爸所有想法和行動的全力支持，無怨無悔，卻又令人害怕：「爸爸是有發明天分的男子漢，景山號快餐車的設計和選定鯉魚潭水庫工地為營業地點的眼光，眞是令人敬佩的。爸爸的靈感又復活了，他在不久的將來會發明一件令世人驚喜的新產品，尤其會讓普天下的家庭主婦感到方便和幸福的新發明。」

媽似乎忘了，她曾是中山女高校花，是台北市衡陽街大銀樓的千金小姐，也曾是西點麵包店和日本料理亭的老闆娘。

她甘心跟隨爸逃債避難，受盡羞辱，在一線靜好陽光來臨的日子，又感到濃郁的幸福。爸在偏遠鄉居的黯夜，對她一丁點的愛意和夢語般的保證，都能讓她洗淨所有愁煩，平撫任何不安，讓媽想將每天炊煮的一大鍋壽司米，煮出香味迷人的晶瑩米飯，讓細細研磨的黃豆熬煮成黃濃誘人的豆漿。

薈姊說：「這是媽最優質的心性品德，還是爸對她不渝的愛所造就？我該為媽慶幸，還是該為爸祝福？他們眞是一對令人羨慕的夫妻，即便在最患難、最崩潰的時候，仍然是。做爲他們的女兒，我們在最困苦的逃難生活中，總不缺他們眞摯的關懷，那是焦灼心靈的一帖清涼膏，我們再次迎向明天的勇氣丸。」

薈姊的爸，是她見過最英俊帥氣、最具男性魅力的男人。

從他寬鬆卡其吊帶褲，光滑皮鞋到無名指的白金戒指，從他青白的鬍渣臉龐、亮挺鼻梁到粗細唇齒間的一抹笑意，從他步入中年仍平坦的小腹和行走時的從容穩重儀態。薈姊說她爸是台北最好看的男人，在她之前和之後，不曾見過。可他卻是可怕、可愛又可恨的夢想發明家，是任性、專心又不顧一切的夢想實踐者。

小妹茹溺斃五小時後，爸從豐原回到鯉魚長谷，天色早黑了。那晚的星星特別齊全，鯉魚長谷的夜空亮亮燦燦，那尾兩尺長的草鰱魚，仍慢悠悠在溪岸梭巡，魚鱗的閃亮，想必是星光照射。

牠就是誘引茹緊緊追隨不離的那尾大魚。

薈姊說她再也沒見過哪個男人，像中年老爸有那樣淒厲的哭；是鋼鐵的軌和鋼鐵的輪煞車磨擦的尖銳；是景山山頂那塊千萬年不動不傾的「風勁鳴　石中音」的飛行石落墜溪谷的震撼與激盪；宛如領航的公雁誤撞山壁的驚慌啼喊，牠來不及的示警和自責，讓青苔滿布的山壁有了回音，回音連貫到景山隧道，竟成了轟轟不絕的共鳴。

景山號快餐車從豐原批購回來的如山食材，來不及放下，爸媽就從下竹圍租住的三合院巡路找人，啞子伯另開一輛爬山車分頭協尋，終於在鐵橋下的景山溪會合。

風涼如水，星星都到齊了。

山夜靜好，時間都凝定了。

活潑又靈慧的茹，來到人世第一天，便遭逢第一棟家產變賣。她懂事極早，卻不損及她的活力和機巧，她承繼爸媽五官身材的所有優質美麗，不曾黯褪。只是，在家道好轉的十歲，她怎跟那尾碩大草鰱魚走了。

⊙大魚引走來不及長大的妹

薈姊說她爸媽沒攀登景山，去看望那塊神奇的立錐圓石。

一塊橢圓巨石，大如飛行船，赭紅光滑，擱在景山最高頂，它與地面的部位，不超過一張圓椅，卻穩固不搖，自有它秤量的平衡，有它和日月風雲或地震颱風的相處之道。

茹看它一眼，就說這叫飛行石。

飛行石的摩巖壁面被人鐫刻了「風勁鳴　石中音」六個課桌面的大字，塗上與它周旁蒼鬱草木同色的綠漆；沒落款，看不出何時誰人有如此雅興，能如此不辭辛勞攀登山頂來刻字。

薈姊和茹（我和柳景元該稱呼茹姊，她若在世，也有卅五歲，可她的年齡和身心在十歲就定止了。十歲女孩，又顯然是我們無緣的小妹。）環看鯉魚長谷的群山，發現景山山頂是群峰的最高點，不知在這裡的避難會多長多短，總得攀登這最高點俯瞰全景，觀察一家人處在的位置，或許還能望見明天的路。

沒有路徑和人蹤，她們只向著高嶺方向，只有嚮往；不期待驚奇的發現。

飛行石屹立的位置和周旁景觀，多數鯉魚村住民恐怕都不知曉它的存在。這裡沒有任何農作物，卻有一座隱掩在草木間的通氣口，圓形、深邃，露出地面的生鐵圓筒有個厚重的不鏽金屬製的帽蓋，縫隙可讓人探身進去。

通氣口像三個汽油桶合起來的大小，黑幽幽不見底，茹在洞口說：「這裡好神祕，好像通到另個世界的入口。」她說完整句話，回音才淸飄飄傳應回來。

通氣口內有扶梯！

陰陰涼涼中的發現，格外懾人。

像在幽寂祕室猛不防推開嵌壁的地道，像在草木朽腐的黑森林看見一個陷阱的缺口，要不要下去？敢不敢進去之外，不免想到有人或不是人的什麼，從地道或陷阱爬上來，露出來。

該不該和他招呼呢？

聞到一縷淡淡菸味，從深不見底的通氣口飄上來，「是長壽菸的氣味呢！」爸抽菸，常叫茹幫他點菸，而且是含菸嘴抽半口的點菸，爸沈醉他的發明產品時，忙得連點菸的三秒都不願打斷。

媽反對，茹卻覺得好玩，她俐落的身手，讓薈姊想到阿嬷酒吧店內的小姐，她反感，說了茹幾次，爸和茹躲閃著仍玩他們的點菸遊戲。薈姊每每聽見爸壓嗓輕喚，「茹呀」，她就裝腔咳一聲，這還有點效用。

茹是這樣的人，誰招呼她，誰對她親近，她就順了人意，讓人更開懷。爸要她點菸是這樣，挑賣九層炊甜糕的白毛老伯索走切刀也是這樣，她把唯一香水鉛筆和橡皮擦給了副班長阿鳳是這樣，她當胖壯玉卿的馬去打仗也是這樣。

茹對招呼她、親近她的人的回報，令人不捨和心疼。

景山溪這尾肥碩草鰱魚也這麼招呼她，親近她，才讓她涉水追隨，去到深滑漩渦也不回頭嗎？

那天下午在景山號快餐車和水庫工地間奔走送餐，賺到滿滿一抽屜鈔票，茹比誰都高興，那些叔叔伯伯的工程人員特別喜歡她送來的餐點，有時還把找零的錢給她。能在景山鐵橋下的溪水泡腳、洗臉，或就洗個沁涼透心的溪水澡，也能消暑熱，解一身疲勞。

薈姊說：「和爸媽分手時，茹還揮手再見，說『我們要去做銀河鐵道之夢』了，茹喜歡我唸日本作家宮澤賢治的童話故事《銀河鐵道之夜》，聽過二十遍也不膩，她喜歡那個獨自乘坐夜行車的小男孩，被帶到光輝燦爛的銀河，看到河中央那座無憂島的故事。宮澤賢治是三十七歲就去世的作家（1896—1933），他還有一本《風又三郎》，我也喜歡，來不及唸給茹聽呢。」

她們才靠近景山溪，那尾碩大草鰱魚便游過來，游到幾乎擱淺的水灘。水灘留一支誰人拋棄的撈網，小小的，只能撈接兩串龍眼荔枝。茹撿起撈網，草鰱魚拍打尾鰭，水花潑剌，牠不僅不害怕，眞就向人招呼，引人涉水遊戲。

薈姊平臥橋墩平台，在高爽和水氣的清涼裡小睡片刻，茹的笑聲如鈴鐺響脆，在溪畔的游移。想到就要在這將成爲第二故鄉的鯉魚長谷落腳，將和這裡渾身土味的少男少女成爲鄰居和同學，每一眨眼都滿溢幸福。

所有經歷家庭經濟崩潰和人情冷暖的人，都懂得這種樸拙山城的可貴，都明白無利害、無尊卑的人情是一種寶愛。

薈姊慶幸爸媽堅貞的感情沒在種種波動中，鬆解。

這也是幸福。

若能在長谷山村的陌生學校，認識三、五位好同學，其中一位是怎麼看都順眼的少年，聽他怎麼說話都順耳的男孩，這也是幸福的。

媽媽等待甚至企盼的事，終於在兩天前來了，因爲媽如此歡喜迎接，那紅豔血漬也成了喜事。找個母女談心的優閒時間，再告訴媽，她可能要爲這初次的月事，熬煮什麼滋補藥膳，所有漢方藥膳都有一種古老悠遠的苦澀氣味嗎？

這也是幸福的。

茹鈴鐺的笑聲，不知何時停止。

山壁下的灣流漂浮著那把撿來的撈網，旋轉畫圓，山壁長滿青翠鳥蕨，石縫有鳥啼聲聲，只不見蹤影。

茹不見了。

薔姊在溪畔來回呼叫，茹呀，茹——。

她跑回來時的山路呼叫，茹呀，茹——。

來了一輛工程車，認得她，停下。

卻沒告訴工程師叔叔，我的妹掉到溪潭灣流裡。因爲不相信，因爲害怕，因爲不敢說，那會刺破希望，會改變所有美好想像。

薔姊只說茹不見了，有誰見到。

薔姊說她直奔景山鐵橋，仍喊叫爸媽。

在頂端俯瞰溪流，溪潭灣流裡，茹的連身黃色洋裝沉在溪底。

三十八歲的薈姊，抱著小提琴，俯瞰鐵橋下的景山溪，喃喃吟誦：

有些事不能說　又潛藏不住
有些夢總想醒轉　更怕清甦
有些回憶使堅強的心萎靡
回溯舊路使臉頰蒼白
探望遠年使雙眼迷濛
那首致命之歌　誰填寫的詩詞
句句如寒意湧上心頭　不走
女孩的意志如風的意志　拂捲
青春的思緒
是漫漫煙塵和糾纏花絮的思路

用那支如秒針在漩渦轉圈的撈網，勾起茹。

才輕勾茹的裙襬，她就仰浮上來了。

那尾碩肥的草鰱魚尾隨茹的身體，從手臂滑游過去。

薈姊為茹擠壓溪水，牠在淺灘停留。薈姊為茹做人工呼吸，草鰱魚的鱗片在星星已出現的日夜時刻，抽搐發亮。

薈姊癱坐溪畔，以為那尾肥碩草鰱魚會上岸來銜走茹，只好緊抱茹冰冷身體，用那支長竿撈網拍打水灘，又怕死神臨近的溪畔，無誰可助，無誰作伴，但盼草鰱魚不要靠近，也別離太遠。她抱住生命去留不明的茹，拍一下水花，叫一聲：「不要走——」再拍一下水花，叫一聲：「不要來——」

薈姊又朗誦一段《聖經》，向二十五年前茹的魂魄開示告解的詩文：

你們對死亡的畏懼
如同牧人在君王面前領受榮耀的戰慄
承接國王印記的牧人
在戰慄之際不也歡欣嗎？

何謂死亡
不就是裸立在風中
消融入太陽嗎？

何謂停止呼吸
不就是從滾滾潮汐中解脱
使意念得以昇騰擴展　無羈地尋求造物主嗎？

唯有掬飲沈默之水時
才眞正歌唱交談
唯有到達山巔時
才眞正開始攀登
唯有肢體還諸天地時

才眞正起舞寬解

薈姊說：「茹最愛盪秋千，每次下課總和人爭搶搖盪。後來，債主再登門，我們便躲去學校盪秋千，盪到天黑才回家。茹總是笑，像個天使。我們來不及在啞子伯的三合院幫她做個秋千架。我們來不及，就在她頭七忌日火化後，離開了鯉魚長谷。」

第八章　生命在相思林內轉彎

木雕街斜坡頂，有一大片張揚旺茂的相思樹林。去年相思花開的五月，我和柳景元在樹林中有個奇遇。

那是第一個周末下午，教國文的朱老師又芳心大悅，請我們全班到距離相思樹林不遠的賴家食堂吃五花肉粄條湯麵。

柳景元吃得剔牙嘖嘖，還對朱老師說：「書中自有千鍾粟」我知他的意思，只覺得他亂用成語；對朱老師來說，有點得了便宜又賣乖的調侃味。這種話，身爲班長，或身爲他最知心的同學，我是說不出口的。

我們騎腳踏車，都不想早早回家。回家是下坡路，輕鬆不少，至少仍要四十分鐘。我們結伴去閒逛。

約莫只是與回家同向，我們沒有特定目的地，也沒刻意要去探看誰，也不約束自己幾點趕回家，我們喜歡這樣的晃盪。柳景元說：「我們是自由旅人，還不是漂泊者和流浪者。」

這三者怎麼區分呢？

景元不說，教我自己想。

我想，他根本是自己想不來吧，才賣關子。

我和柳景元不論去哪閒逛，總是一段愉悅有趣的時光。我們愛笑就笑、想說啥就說啥、鬥嘴？有啦，不過仍然有趣，最大的趣味是我們不知會遇見什麼人，或發生什麼事。

我們在細葉相思樹林的發現，正是這樣。

⊙女眞族後裔斯文善戰

木雕街端的斜坡頂，分岔出一條曲迴山徑，鋪落了細長葉片和毛絨絨的相思花。

相思花鵝黃亮麗，山徑也格外光明，只不過我們的車輪碾過，車把握得扭捏，禁不住打滑，我和柳景元像學走路的小孩，有些危顫顫地又覺得好玩。

一打轉，我們轉進一戶大宅院。狗吠低沉而宏亮，應是大狗。

這般偏遠的相思樹林內，怎還有住家？

歐式雙層大別墅，三合院格局，單純的白牆、黑窗櫺和玄黑屋頂，屋頂閣樓有八個直立虎窗，就是西洋電影那種可以神秘遠眺的窗子。

嘿，眞有個女孩在閣樓虎窗口看我們。她喚叫狗名字，狗吠停住。

草坪庭院比我家禾埕大一倍，女孩的叫喚，也叫住了一個盪秋千的婦人，她匆匆停住，急急進屋去，留下搖晃的秋千架。

秋千旁有著涼亭式的亮白雙車庫。玄黑瓦簷的草地種了八棵高瘦檳榔樹，恰恰和閣樓虎窗配對。圍牆沒設大門，圍牆也是半人高的樹蘭矮籬。

我和柳景元跨坐腳踏車，在別墅入口觀望。這款歐式別墅，在我們山城還不多見，我想，住這種房子的人，該也洋里洋氣，說起話來洋腔洋調，說不定還有我們要遵守的洋規矩。據說在西洋，擅自闖入人家的土地，對方可以拿槍掃射你。我告訴柳景元，他的腳踏車前輪已越界，有被槍擊破胎的危機。柳景元皮皮的大笑：「翔哥，你就是太有危機意識，太多恐怖假設，才長不高。」

我身高一米六三又妨礙了誰，拿別人身高開玩笑太幽默，太用力了吧。俗。

柳景元的後輪卻像在草坪黏著，不敢往前再進一步！

入口的樹蘭矮籬綻開黃粒小花，香味清甜怡人，令人想深呼吸。柳景元果眞輕推腳踏車，望一眼在屋頂閣樓的虎窗口眺看我們的女孩。他發現入口右側一塊直立石勒，有一人高，鐫刻「市廛居」三個綠底大字，字體雄渾厚重，不知哪一體的字。

柳景元說：「顏眞卿文體。」又大聲嚷嚷，音量響到虎窗口的那女孩也能聽見；「這裡哪算市廛呀？市廛是大街鬧市的商家，這裡根本是山林幽地。『市廛居』的意思是他住在鬧區，但心遠地自偏，他的心很平靜悠閒，屬於高格調的大隱士，因爲大隱隱於市，小隱隱於山林。我看，這家主人還是隱於山林的小隱而已，唬誰呀？」

柳景元對任何事都有意見，都要掌握發言權，人家守門的石頭三個大字，沒惹他，也沒人請教他意見，他幹嘛嘮叨說了一堆？還不知他解釋的對不對呢？是故意說給虎窗上那女孩聽嗎？

那女孩是大是小，是聰明還是糊塗，也不知，柳景元表現那麼來勁，是中午的粄條湯麵吃撐了（他自己的吃不夠，還撈我的湯。）何況，隔著大草坪和樓上樓下的高度，他說得隱來隱去，誰聽懂了，我賭剃光頭。

掌聲響起，啪啪啪啪！啪啪！五聲。

我輸啦？

虎窗口的女孩仍石膏木頭的立著，沒動。

市廛居大石勒後，走出一個中年男子臂下夾一把大花剪。方才在石勒後修剪樹蘭矮籬的吧，幸好他沒夾槍。

他面帶微笑，打量我和柳景元，眼神坦然卻和善，嗓音低沉但清晰：「說得好，有道理。沒想到山城小鄉也有語文程度這麼好的中學生。」

「語文程度高低，和都市或鄉村沒太大關係。我不過隨口說說，沒請您評分。」這柳景元有許多優點，可他咄咄逼人的德性，眞讓人不敢領教。中年男子因風度好，姿態有點高，口氣有點老師評學生的意味，可語意畢竟是讚美。柳景元反評論的發言，我卻同意的，他說：「在我們山城小鄉總還傳承古意好風，我們喜歡在大廳門楣掛堂號；雁門堂、穎川堂、南靖堂、隴西堂、長風堂，堂堂都有來歷，家家都有傳承，我們眞不習慣自取門派居所，所以，我才多說兩句。」

柳景元開口「我們」，閉口「這裡」的唬弄中年男子，其實，他搬來「我們這裡」才一年不到，說得好像是資深原住民，至少是「我們這裡」的耆老後裔，少年才俊。

不過，管他唬弄人或眞心認同，我都應該高興才對，否則不也是咄咄逼人、不識好歹的德性？

中年男子身材高挑，長臉白皙，略略有小肚子。他穿白色棉織涼衫，吊帶的天藍長褲，墨綠的寬邊吊帶有白色變形蟲圖案，打理得講究而乾淨。我和柳景元一身汗濕的藍天白雲制服和他相似，我們看來卻像兩個山野土蛋。他眞的風度好，氣量更大，給毛頭小子的柳景元一頓瞎說，沒生氣，仍微笑：「兩年前才來這裡蓋這度假小屋，也沒入境問俗，許多規矩都不懂，寫這『市廛居』無非只是一時興起的心中想像，沒想到給小兄弟一語道破，看穿了樹小屋新字不古的淺碟子素養。」

中年男人如此客氣，談吐也像個讀書人，柳景元幹嘛還扳一張教務主任的臉，多有學問、多麼嚴肅咧，他還說：「石勒鐫刻嫌費事，木匾刻堂號就容易了，這建議應該認眞考慮一下。」柳景元未免建議得太多，考慮得太少了，人家初見面，沒放狗逐客，他幹嘛管人家掛不掛堂號，他又不是復興文化委員會顧問或宗族百家研究會領導人。

中年男子放下大花剪，搓搓掌心，笑說：「我們家族是沒有堂號的。我們的宗族文化和別的宗族不同。」

柳景元驚訝且不屑，說：「不知和沒有是不同的，不知自家堂號不要說是沒有，打個電話到宗親會請教，就會有人告訴我們。」

中年男子伸出手掌和我握手，和柳景元握手：「我姓完顏，女眞族人。我的祖先是完顏阿骨打。女眞人的宗族和中國漢人不同。不同和不知是不一樣的。不了解別的宗族沒關係，但不能以自己的成見套用別人的生命認知。」

女眞人，傳說的女眞族人，我們簡直看見外星人，傳說已整容化粧的火星人。柳景元的腳踏車乒的傾倒，他像醉漢遇到交通臨檢，顚晃晃又站直，還想拗，想懷疑對方的身分：「你的手掌怎這麼細？」

完顏先生說：「我也是河南開封人，我的祖先西元十二世紀就在那裡建都。請問十二世紀時，你的祖先在哪裡定居，有無懸掛堂號呢？你記得曾祖父的名字嗎？」完顏先生反攻了，可他只要問柳景元便行，幹麼連我也一併問。曾祖父的名字？這招太毒辣了，我和柳景元被他一球雙殺，張口發愣。我的硬拗功夫在柳景元一年來的調教下，有了進步，我說：「請問完顏先生，令曾祖父的大名您明白吧？」

「完顏檾，誰知他的名字怎麼唸？」完顏先生在他細緻紅潤的掌心寫了「檾」字。

有邊讀邊，無邊讀中間。是紫色的紫，若眞讀紫，也沒啥好問，肯定不讀這音，我們又張口發愣，敗了第二回合。

「我的曾祖父叫完顏葡萄，寫成『完顏檾』。我祖父的姓名是『完顏精』，你們知道怎麼唸？很有趣的，這也是民族文化不同的趣味，跟生活風俗，跟家常物產有關。『完顏精』該唸成完顏檸檬。」

眞的假的？是唬弄我們山城小鄉的中學生吧！可人家說得出來，也不至於開自己祖先玩笑，應是當眞。

不論這干不干我的事，柳景元不也管到人家院子石勒鐫刻的字，完顏先生出這難題也不算過分。橫直，我們又被一球雙殺輸掉了第三回合。

「應該跟兩位自我介紹，我叫『完顏橫』，不曉得二位知不知怎麼唸？」他又出題了，在掌心寫字，又說：「我還是貿易商，常在台北、曼谷、吉隆坡往來，半個空中飛人。站在屋頂虎窗口的是我女兒，十四歲，車禍復元情況比預期好，只是還怕生，不愛開口。」完顏先生向虎窗口招招手，那女孩也沒回應。

這一回，我和柳景元無論如何不能再傻乎乎張口結舌了，我們向來不是這種糗樣，一定要雪恥。我想，這些在塞北荒漠來來去去的女真族人，吃羊肉、飲奶水，少有機會享用豐富維他命C的水果，名字才取這種有的沒的水果名。紫色是葡萄、青色是檸檬，那麼黃色的不就是香蕉嗎？

「香蕉，完顏香蕉！」我像益智節目的搶答者，不按鈴就直答。

「不是，我們祖地沒種香蕉這種金黃水果。」

我繼續搶答：「楊桃！完顏楊桃。」「鳳梨！完顏鳳梨嗎？」「檳榔！你們那裡有檳榔嗎？完顏檳榔對不對？」「完顏香瓜……」我越說越心虛、越說越沒氣。

可惡的柳景元變成傻乎乎的檳榔，等著人看。

完顏先生宣佈：「我叫完顏橫，橫直的橫，跟水果無關。」

⊙市廛居古怪的一家人

我和柳景元在相思樹林間的市廛居，認識完顏媽媽和車禍失憶又古靈精怪的完顏茲；她如眞似假的失憶症，把我整慘了。

一次唐突作客，誰想到會造訪出一大串曲折情感和一大掛銘心回憶，這一切，宛若那道鋪滿相思落花的山徑，黃橙橙、亮燦燦又滑溜溜，讓腳踏車輪不時打滑，讓我再三把不住龍頭的方向，卻又心房堂亮，一絲絲溫煦。

柳景元偏也不管，他起了開端，卻存心看我和完顏茲種種失措風波。

我和完顏茲初見的情景，冥冥已爲我們往後的遭遇做了型，我們註定在不斷的摩擦中成長，活該在閃現的甜美中失落。

完顏茲的美貌，會讓任何空間亮起來，特別是她微笑時的眉目神采，簡直有光，可她與我初見的一串問題，怎又像失魂人才說得出口：「我曾經見過你，你記得嗎？今天是幾月幾號？你會留下來嗎？既然找到我家了，記得也帶我去你家好嗎？」她澄澈黑亮的眼神盯著我打量，十分當真：「把你的名字寫給我，讓我不忘記？好嗎？我再也不要忘記了。我是完顏茲，我是阿茲，巧克力，你記得嗎？」

完顏先生趕過來，牽住她的手，直說：「小茲，他們第一次來，誰也不認得。」完顏茲根本無視柳景元在場，無視於她爸媽存在，她眼裡只有我，我是一個空降外星人，和她同族的怪客，或被她認出興趣的人。

市廛居內寬敞、華貴和幽寂，又有淡淡辛香味飄浮，像咖哩粉和胡椒的氣味。他們果眞是女眞族貴族後裔，才會在玄關入口擺兩隻綠眼麒麟，階梯上有一對大耳象，都有半人高。客廳鋪設一張比教室大的黃底綠雲藻的地毯，紅木鑲螺鈿十六張太師椅，配四張長木桌，桌上四盆紫色蘭花。這客廳夠氣派，卻不太讓人自在。

完顏先生斯文和氣，完顏媽也嫻靜優雅，完顏茲沒頭沒尾問我怪里怪氣的家常話，可她看來仍是和善的。我希望他們家的大狗沒事叫一叫，至少熱鬧些，有些市廛的喧譁。

完顏媽媽歡迎我們來，她笑盈盈傾聽完顏先生轉述我和柳景元的特出表現，表示我們很優秀、很有趣，還說這對完顏茲是奇妙的機緣。初見面，說得這般，好像她會看相和算命，想嚇我嗎？我總覺得這家人親切得很特出、很奇妙。

完顏媽媽梳了小包包髮髻，眉目開朗清亮，一臉文雅素淨。她端來金煌芒果切片和冰鳳梨，儀態優雅宛如行走舞台的電影明星。完顏茲幫她母親招呼我們喝可樂、吃水果，看來也聰明伶俐、態度大方，特別是五官和身材的順眼，不輸給她母親。但人眞不可貌相，誰會想到她在這時會問那一大串怪怪的問題？

柳景元向來愛捉弄人，這時也不放過我，他端一盤酷愛的冰鳳梨切片，喜孜孜享用，說：「翔哥，照實回答，好好想，慢慢說，說壞了，自己責任自己擔。」十足幸災樂禍看好戲。

從小到現在，我一直擔任班長，什麼樣的女生沒應付過？像完顏茲這一風格的女孩，還眞是第一次交手，且是在她家的豪宅大院裡，要是我說得不恰當，能平安而退嗎？

還是完顏先生心腸好，來解圍：「小茲個性活潑，喜歡開玩笑，也許你們有緣吧。那就交個朋友。歡迎你們常來玩，不要客氣。小茲對花粉和陽光過敏，這陣子不太適合戶外活動，還好我們人口簡單，在這裡認識的朋友也有限，你們若想來，先打個電話，說來就來。」

阿茲問我想不想到閣樓虎窗眺看，順便告訴她，我家在哪裡，還可以順便參觀她的房間。

完顏是個稀有姓氏，姓完顏的女孩都這麼稀有的作風嗎？我從來沒參觀過女生房間，也沒在初見面的半小時內順便告訴女生，我家住在哪所在。完顏媽媽沒阻撓，還說：「高處風光好，這時節的相思花嬌黃、油桐花潔白，開得滿山，連我都愛看呢，你們上去看看也好。」

這裡是我從小到現在生長的地方，怎不知什麼花在什麼季節開。我是完顏家的外來客，但可是這地頭的常客，要介紹山水名勝、地理風光，還輪得到她們嗎？

生平第一次進女生房間，我眞不知該怎麼看、該怎麼走或該怎麼坐，特別是單獨受邀參觀，會出啥意外嗎？

可惡的柳景元，換吃一盤黃澄澄的金煌芒果；切成豆腐乳小方塊的芒果，搭配一小碟黑不隆咚佐料和一杯冒泡飲料。臨別，我聽完顏媽媽向柳景元大力推薦：「我們泰北清邁故鄉，盛產芒果，在地的清邁人，吃芒果都要切成方塊，沾薑汁醬油膏，配一杯冰涼透心的啤酒。試過這種吃法嗎？勇敢的試試看吧。」

柳景元睜眼苦笑，似乎也遇上難題了，也似乎徹底遺忘我的存在。我一再看他，以無助的眼神向他求援——放棄恐怖芒果，陪我上樓吧。柳景元望一眼，根本不認識我。

我不信完顏茲會對我採取什麼不利動作，可我還是防著好。我成了半推半就被美少女綁架的人，在三名證人目睹中上樓。

啊！不好笑。在梯口，完顏茲冰涼手指碰著我手背，我被電得哦一聲，才發覺掌心水淋淋，也許因爲潮濕才會觸電吧？

⊙失憶症女孩的水晶玻璃糖

閣樓虎窗的視野，比我預想更遼廣。

穿過相思樹林的枝枒，高速公路的三義大斜坡在望，放慢車速的車流，以三路縱隊滑去大安溪橋，又有三列車隊整齊地爬上斜坡，它們安靜無聲，比飛鳥啼鳴的相思樹林還收斂。

在視線盡處的鯉魚長谷，我看見景山鐵橋，看見我家的朱紅屋頂。我指給完顏茲看：「最遠最遠那棟房子，就是我家。我家沒路牌，就叫上山下，也沒紅路燈，沒什麼好玩的。誰來都失望。」

我聞到迎面的微風裡，有陣陣樹蘭的清香，也許來自庭院的環繞矮籬，彷彿又是身旁這人的髮香。

好聞，但我不敢深呼吸：「妳叫我范翔好了，范先生也可以。」

爲避免潮濕的手又觸電，我將雙手緊貼小腹，側對虎窗口站立。完顏茲說：「剛才我在這裡看到你，你知我先看到什麼嗎？那個高個子叫你翔哥，我也可以嗎？」

「我的破腳踏車？」天啊，她哪來這麼多問題？

「才不哪，看到亮亮的額頭和拍口香糖廣告的牙齒。你的牙齒這麼整齊漂亮，從來都不吃糖嗎？」

「愛吃甜，越甜越好。我們鄉下沒那麼多糖果。」

「好哇，待會我送你幾顆糖果。我可以叫你翔哥嗎？」

「不了，我又不是小孩子。」

「誰說小孩才吃糖？你看那秋千，以爲是我愛盪的？才不呢，那是我媽的玩具，一天總要盪兩三次，就像那山歌，一天不唱心不爽。她的秋千盪得好，山歌也唱得好，我爸去曼谷做貿易，就是被我媽迷住的。我媽那時才十八歲，比我現在大三歲，清邁的和尚到泰北阿卡拉找她出來，到曼谷參加泰國小姐選美大會。」完顏茲膚色黑裡秀紅，眼珠更黑得深且亮，修長眉毛下的兩排睫毛像兩支小扇子，濃密整齊，彷如可搧出涼風，搧得人迷糊起來，她笑著說：「我媽是第一名泰國小姐，就憑著在舞台盪秋千唱山歌，把所有美女比下去，把我老爸迷到了，也把我生出來了。」

「這麼快？」

「不快，他們認識半年才結婚的。我媽在曼谷又等五年，才回到台灣，爸給她請了家庭教師，學中國普通話，學福建話、學中文，學到上口才過來。」

「你爸做什麼貿易？」

「香料和水果，手提電腦和手錶。你可以叫我小茲或巧克力。」

「香料？」

「辛香料是胡椒粉、咖哩粉、肉骨茶包、紅椒粉和豆蔻粉，水果是榴槤、山竹這種果王和果后。翔哥，我可以叫你翔哥嗎？你喜歡吃咖哩飯，我就做一盤給你吃，還有肉骨茶燉三鮮肉，都是我跟媽學的。」

「妳可以叫我范翔或翔牯。我不愛咖哩和肉骨茶的味道，我也討厭胡椒粉，你給別人吃吧。」

「榴槤敢吃嗎？你可以叫我巧克力，我叫你翔哥好嗎？」

「我們鄉下很少這種東西，我們吃的水果都是山裡自種的，芭樂、木瓜、龍眼、芒果、地瓜。」

「地瓜也能當水果？」完顏茲好像被芭樂或地瓜K到。

「只要吃了不拉肚子都可以，胡蘿蔔、番茄、茭白筍統統好吃。」

完顏茲大笑：「眞好玩，你會盪秋千和唱山歌嗎？我可以教你，但你要教我騎腳踏車，騎會了，去上山下找你。跟我爸說話的那個高個子叫什麼，離你家遠嗎？我看他多驕傲似的，他是你朋友嗎？他們說我對花粉過敏，怕曬太陽，根本沒的事，只不讓我出門。」

「柳景元，很有趣，學問也很好。他住教會，爸媽都不在台灣。他是我最好的朋友。他很有自信，我們個性不同，但頻率和磁場相近，所以合得來。」

我不太明白人和人相處的頻率和磁場這種神奇理論，但對付完顏茲這種有點怪異的女孩，說不定有些作用。沒想到完顏茲居然接口：「你覺得我們的頻率和磁場相近嗎？我想它們與星座和血型有關係，你覺得呢？你可以叫我小茲或阿茲。」

「我覺得，我覺得頭痛。」

有著斜撐屋頂的閣樓，顯然是完顏茲的私用空間。淡紫的蕾絲窗帘，象牙白的鑲螺鈿櫥櫃，淺紫色有著花草圖案的地毯，還有一整排十二頭大小不一、形態各異的大耳象，另有各種服裝的芭比娃娃，七八仙，其中一仙還是三點式泳裝的清涼造形。閣樓內飄浮一陣若有似無的水薑花香，就像初夏清澈溝圳常瀰散的宜人氣味。

完顏茲抽開象牙白的鑲螺鈿櫥櫃，端出一盒糖果：「是空氣不好，讓你頭痛，看看這些糖果就不痛了。」

精美的橢圓漆盒，比手掌大，盒裡盛十幾顆包裝更講究的彩色糖果，綠白紅三色軟糖，桔紅色糖、瑪瑙透明軟糖、薄荷涼糖……一顆顆晶瑩閃亮。

完顏茲要我挑選六顆糖。

天啊，這些五彩鮮麗的糖，原來是水晶玻璃製品，難怪晶瑩閃亮，從櫥櫃一端出便光彩奪目。它們製作得比糖果更讓人垂涎，既眞實又有童話的趣味，讓人眞想收藏保存。

柳景元喜歡所有美的事物，這些精巧的水晶玻璃糖，肯定討他喜愛，我想轉送三顆給柳景元，沒想到完顏茲一口回說：「都給你，留做紀念，一顆都不給他，看來多高傲的一個人。」

「那我一顆也不要。」

我獨自受邀上閣樓看風光，把柳景元拋在樓下，我已覺得不安。若再獨吞六顆水晶玻璃糖，隱藏著不讓柳景元分享，我會更內疚。若只獻寶似的捧出來讓他欣賞，偏他又喜愛，完顏茲又只看一眼就對他「頻率不合、磁場不符，血型相沖、星座相剋」的不順眼，我怎麼辦？

無論如何，柳景元是我目前爲止最合得來、相處最契合的好朋友，我怎能見色忘友？

完顏茲端著漆盒裡的十多顆水晶玻璃糖，像生平第一次被拒絕的女眞族公主，一臉羞紅的忿怒和無措的納悶，又像豪門婢女捧一盒沒人要的貢品，可憐兮兮發愣。她說：「那就挑兩顆給他吧。」

我喜歡這些晶瑩閃亮的藝術糖果，但氣氛不對，她對待我朋友的態度不對，口氣不對，什麼「挑兩顆給他」，柳景元也不缺兩顆！

我把雙手插進口袋，擺了再明確不過的意態。完顏茲沒我想得那麼笨，她明白我的不屑。只是我沒想到，她這麼禁不起我的拒絕，居然哭出聲來。

「這些糖果統統給你們也可以，但你不要不理我。我和媽搬到這裡，我一個朋友也沒，你是第一個來閣樓的人，我好像認識你好久了，翔哥，眞的，我爸只在禮拜六來一下，吃過晚飯就要回大媽那裡。」可怕的完顏茲，她越說越傷心，越哭越大聲：「兩年前出車禍，小時的事都不記得了。我絕對記得見過你，記得叫過你翔哥，翔哥。」

她幹嘛哭成這樣?我眞想告訴她，「你認錯人了。」卻被她的哭聲堵住，被衝上閣樓的柳景元、完顏先生和完顏媽嚇住。

酒氣沖天的柳景元，一副酒精過量的紅臉粗脖子，卻勇猛的率先擠上閣樓。他沒去護衛哭得正淒慘的完顏茲，反而靠到我身旁，他看我雙手插口袋，低聲問：「手裡握什麼?你拿了人家什麼?」

完顏先生擋在我們和完顏茲中間：「出了啥事?」一手接過那滿滿一漆盒的水晶玻璃糖果。我很慶幸，沒收受人家一顆五彩糖果，否則，我怎能插出雙手，俐落一攤，順便把兩口袋翻出來，像個窮光蛋似的，一無所有。

酒醉心頭定，一身啤酒加芒果味的柳景元，要我把口袋塞回去，又嘀咕：「沒人可審問我們，你這像啥樣!」

完顏茲被她媽媽摟著，梳髮、擦淚又輕拍她肩頭：「小茲受什麼委屈了，剛才不還開開心心上樓的嗎?」

「叫他翔哥說不好，請他吃咖哩飯和肉骨茶說不愛，又討厭胡椒，送他糖果也不要，要他教我騎車又沒反應，還直喊頭痛;我說從前見過他，他不承認……」完顏茲哪來這麼多淚水，簡直是鯉魚潭水庫嘛。她一一細數我的罪狀，沒一樁是我放心上的，讓她清算起來，卻變得不是普通嚴重，彷如我是惡客、罪人和不識好歹的笨蛋。

柳景元到底喝幾杯女眞族人的私酒？他根本是滴酒不沾的人，過年後吃了一碗觀光號火車司機現任爬山車大王媳婦坐月子的麻油雞酒，還直喊頭暈頭痛。今天趁什麼興，竟喝得打酒嗝：「阿翔牯不答應，沒關係，你別傷心。你可以叫我景元哥，我統統答應。」

「我才不要呢，我從沒看過你，不認識你。你還喝酒，酒鬼最可怕。」

「小茲，對客人不能這樣沒禮貌，景元才喝半杯啤酒，還是爸爸請他配芒果吃的。他知識、常識都豐富，你可以同他多學習，他和阿翔是好兄弟，既然你見過阿翔，怎沒見過景元呢？妳慢慢想，別急，急出病來，就不好了。」

完顏媽怎和阿茲一般見識，說得如此當眞。完顏茲年紀和我們一般大，她嬌兮兮、哭答答的裝可愛，完顏媽幹麼和她一鼻子出氣，就算完顏茲給車禍撞得失憶，她這麼哄她，簡直要阿茲留在小可愛的童年走不出來。

完顏茲要我叫她什麼，要我吃什麼，要我接受什麼，要我別理誰，她憑什麼？我幹嘛聽她指揮！

但我看她濃密如扇的眼睫和漆黑明亮的眼睛，還眞玄，也許眞在那裡見過。說她車禍失憶，怎又記得這個選美，那個阿卡族，記得可怕的咖哩飯和肉骨茶，記得她爸爸貿易些什麼，她還緊咬不放的記得要叫我翔哥。天啊，第一次見面就讓她這樣胡叫瞎叫，我又不是要和她唱山歌。

我看這阿茲，完顏茲的失憶症，眞假還有得研究討論。

有一點我可確定的。市廛居內到處是蘭花香、水薑花香、庭院四周環繞樹蘭矮籬，還有這時節滿山的相思花和油桐花，完顏茲若過敏，不噴嚏打得沒完，癢得不會問我那麼多有的沒的。她家的閣樓虎窗，陽光充足，她和我在窗口曬那麼久，還亮出十二顆水晶玻璃糖果，攤在陽光下，她若禁不住，不早就昏倒在她美麗的淺紫地毯？我確定她除了古靈精怪得有點讓人納悶，她身體的健康是沒問題的，就像她的美貌那樣沒問題。

第九章　莽撞的歡樂單車手驚魂記

回家的路上，我和柳景元將手剎車放空，直著裕隆汽車公司前的大斜坡，順溜而下。我們不辭辛苦，每天騎車上學，除了省去等候客運車愛來不來的煩躁，還有騎車同行時無所不談的暢快，不也最享受這順坡的乘風颯爽。

我忘了一臉酡紅的柳景元，酒後不可騎車。他幾次放掉龍頭把手，雙手伸張，像馬戲團的特技演員，又喊「耶虎—耶虎—」山風強勁涼快，我將柳景元送我的黑尼帽戴緊。

他玩笑開大了，這條與高速公路平行的斜坡路，偶而也有卡車爬行，卡車撒下的砂石，讓腳踏車輪一輾，車身又難保不歪斜傾倒。「景元，別鬧了！」

完顏先生送我們的禮物紙袋，脹鼓鼓一大包，在柳景元車籃裡蹦蹦跳，顯然想跳出來。

柳景元的爸媽不在身邊，他一個人寄宿上山下敎會，既然甘願從台北、上海、吉隆坡、東莞熱鬧繁華地方，來我們這個沒有紅綠燈、沒有霓虹燈的鄉下讀書，不就更該注意安全，保持健康嗎？

可他玩心太重，常玩過頭又固執難勸，非常嚇人。酒精濃度不高的啤酒半杯，讓他紅成一張紅龜粿，可我就不信，那點酒精能催發他放手騎車。「景元，把手抓好啦，鬧什麼鬧。」

柳景元仍呼嘯而下，還叫嚷：「阿茲被你電得好慘，翔哥，你要小心囉，十個千金小姐九個難纏，耶虎——」

「抓好你自己的龍頭把手，不要鬧。管她千金、萬金，我從此以後不去她家，就沒誰電誰了。我看她的失憶症，八成有問題。」

「人要有同情心，不要動不動就懷疑人，會害你長不高。完顏茲才學會走路就被帶到台北，四歲失蹤，被人撿回來，完顏媽才從曼谷來照顧她。她那次失蹤，還多撿一個小弟回家，事情好像有點複雜，有點神秘。完顏媽說阿茲記得有個叫三義的所在，她們才來這裡蓋房子定居，希望對恢復阿茲的記憶有幫助。你想，失憶症很痛苦嗎？」

「景元，你不要再放手了，抓好。」我們的腳踏車咻咻滑衝，即將到坡底了。坡底是左右各九十坡的急轉彎，右彎去火焰山，左轉回鯉魚長谷，總得抓緊把手和剎車，才能轉得過去。

一輛載運砂石的大卡車，從火焰山方向轉到斜坡來，柳景元的剎車握得吱吱叫，他剎得太急，從車座摔下，翻觔斗，右腳踝伸進車輪，被車子拖帶著往砂石卡車的車輪衝去。

我大叫。

柳景元也大叫。

我把腳踏車丟在斜坡草地，奔去拉住柳景元的手。他仰身往下滑，雙手亂舞，我拉不到。砂石卡車車聲轟隆，沒停下。

他的腳踏車被砂石卡車的雙前輪碾過，繼續又向車底鑽。柳景元右腳踝被他自己的腳踏車後輪鉤得更緊，他死命拿兩手掌在路面抓摳當剎車，尖聲慘叫。

砂石卡車四後輪也碾過柳景元的車，還將柳景元連人帶車甩了一百八十度，從車後甩過去。柳景元消失在卡車排氣濃煙、車後灰塵和車斗撒下的泥水水幕裡。砂石卡車似乎不知已出了車禍，仍加足馬力的往大斜坡爬去，車聲更吵雜，徹底蓋過柳景元的慘叫。

這慘案，只有幾秒鐘，但幕幕清晰恐怖，如黃眼獵鷹對一隻麻雀的屠殺。我想到柳景元不久前給我看的《安妮的日記》，安妮在閣樓後窗看見德國納粹大兵對猶太少年的凌虐捕殺。柳景元車籃裡的咖哩粉被碾破，揚起一片詭異的黃色煙幕。那是我向來害怕的咖哩粉氣味。

柳景元怎麼了？

我又聞到濃重的胡椒粉氣味了，聽見坡底草地有柳景元的慘叫和噴嚏聲。

柳景元還有聲音，我不禁哭叫起來，柳景元還能叫，他還在，還和碾得扁平糊爛的腳踏車糾纏在一起。他一身灰土和血跡，不知血從哪裡流出來，可他還能叫。

我扛抬他臂彎，儘量離開馬路往草地躲避，他幹嘛生得這麼沉重，比兩大包稻穀還重。我每拖他移動一步，他鬼叫一聲，又搭配兩聲噴嚏，我告訴他「忍忍，挺住」，也被漫天揚起的胡椒粉整得噴嚏不斷。

啊，可惡的咖哩粉，可恨的胡椒粉，可怕的樂極生悲，可憐的柳景元。我發狠，將他白球鞋從破扭變型的車輪解開，拔出血淋淋的右腳踝，他的白襪染紅又沾了黃色咖哩粉，撒了胡椒粉，簡直像五分熟的什麼，我要吐了，還得安慰他：「景元，我在，別怕。你躺一躺，手帕給我，先止血。我在這裡。」

我有點怕血、怕看驚險場面，可眞正碰上，反倒沒那麼害怕，甚至特別冷靜。我的手帕也掏出來，卻不知該在哪裡下手止血，柳景元一頭一臉擦傷，雙手到處破皮，褲管膝蓋裂開，我不知他頭蓋有沒跌破，四肢有無骨折，我問他：「景元，頭暈嗎？認得我嗎？哪裡痛？」

「全身痛，」柳景元居然又說：「完顏家有一隻金剛鸚鵡，會說：『請進來坐，喝椰子水好嗎？』你有沒看到？」

什麼時候了？哼！金剛鸚鵡，柳景元頭殼壞掉了嗎？這時還說什麼鸚鵡，他不知剛在鬼門關闖了一回嗎？我想到教國文的朱老師說過，她一位大學同學，騎摩托車給腳踏車撞了一下，只有手肘一點破皮，爬起來要去給貓買飼料，忽然吐血，不到醫院就去世了。那同學身高一米七五，還是游泳校隊，誰想到這麼不耐撞？內出血太可怕了。」我問柳景元：「有沒想吐的感覺，肚子裡有什麼怪怪的嗎？」

「翔哥，人要相聚，除了有緣，把握感覺也很重要。你和阿茲的感覺很特別，記得我的話，不要輕易否定。」

柳景元一身看得見的大傷小傷，最令人擔心的是那十二輪大卡車有沒造成他的重大內傷。現在，他交代這些有的沒的，氣息奄奄的語氣更像臨終遺言，我又哭了。

無論如何，我一定要把握最後一線希望，解救柳景元，他絕對不能在我面前活生生的消失，不能忽然這樣血淋淋的斷氣，我一定設法救他。

我只有五個方法：向路過車輛行人求助，打電話回教會找牧師娘，找一一九救護車、狂奔回上山下找人，回市廛居找完顏先生。

這大斜坡底下，人車匆匆，又是個交通要衝，我向三部大卡車招手，竟無人理睬。這裡前不著村、後不著店，居然沒電話可打。狂奔回上山下求援，遠不如就近再上大斜坡回去市廛居找完顏先生。

眞是命運捉弄人，我原打算不再和他們一家人牽扯不清，這下子，好像又接上線了。我徵詢柳景元意見，他氣息微弱的說：「去市廛居找完顏先生，我在這裡，你放心，我一定等你回來，翊哥，我給你惹了大麻煩，你想生氣就氣吧。」

柳景元若不說，我還不氣，他幹麼講這種嚇人腿軟的話，至少得讓我留氣力衝回大斜坡頂相思林間的市廛居，他的小命才有保，對不？

「景元，你一人留在這裡行嗎？」

「行，你儘管放心，我的精神會跟著你，保佑你。」

再和他扯下去，我眞要四肢無力了。

⊙靈車裡一雙熟悉的腳

我沾帶一身血跡、土灰、咖哩粉和胡椒粉回到市廛居，完顏家的狗叫、鸚鵡啼、完顏茲哭（她從閣樓虎窗口最早發現我），完顏媽喚叫完顏先生，他們才眞被我嚇到了。

我一頭一臉汗水和氣喘不過的模樣，只說了：「車禍，柳景元躺在斜坡下。」完顏媽便癱軟在草坪了。

涼亭式的車庫內，停有黑色賓士汽車，紫色三菱女用車。完顏先生喊阿茲照顧媽媽，他去發動黑色賓士汽車，又回屋裡拿來急救箱和公事包，要我上車帶路。

完顏媽一定誤以爲阿茲又出車禍，她緊抓阿茲不許她離開。她的反應激烈，又不如阿茲恐怖。阿茲緊拉我的手腕，彷彿我又要去趕另一場車禍，她拉得又狠又緊，也不想想這般拉扯，會不會害我脫臼。

我拉開車門，完顏媽拉住阿茲，阿茲拉住我，我等於一個人對抗兩個強有力的異域民族——女眞族人和阿卡族人。我是岳飛嗎？

我的帽沿被車門碰歪，更像被活逮的搶劫犯，像掙扎逃進接應車的歹徒。我掙扎得好辛苦。

柳景元傷勢慘重的獨自躺臥在荒煙蔓草堆，他會不會等不及？他會不會孤獨到放棄？他會不會被另一部冒失卡車輾過？我想到一則恐怖傳說，有一種狠心駕駛人出了車禍，發現被害人傷重不死，他反而回頭來做一了斷，以便省事。那輛闖禍的砂石卡車會不會又回頭對柳景元不利。

想到這裡，我一身沸騰，氣力倍增，一把將完顏媽和阿茲拖上車。

完顏先生始終沒開口，果真像特務集團接應人，幕後大頭目或就是冷面天使和急難大英雄，我相信天使或大英雄都不喳呼，都眼明手快。

我頭戴的黑尼鴨舌帽，是柳景元送我的第二頂，他知我喜歡這款與頭型貼合的黑呢鴨舌帽。特地託他爸媽在上海、吉隆坡或東莞走動時幫他留意，送給我。他在帽內還幫我寫了姓名，可有用嗎?上次那頂，在板條湯麵食堂遺失，不也下落不明，彷彿被人連湯帶麵吃下去啦。

想起柳景元，他的急躁火烈個性，縱有萬般難容，可僅僅他對人的有心、對我的有情關切，什麼都可寬諒了。我在完顏先生舒適寬敞的黑色賓士轎車內，想到柳景元連人帶車在巨大車輪翻滾碾壓的場面，想到他只剩下一口氣的殘生，想到他孤單等我求助的盼望，我不禁發抖，我快哭出來了。

完顏茲還拉住我的手肘不放，完顏媽仍摟著她的肩不放，我一發抖，阿茲也抖，叫我「翔哥，沒事的，翔哥，柳景元這麼強壯，肯定會等我們救他，你別怕。」

誰答應她叫我「翔哥」了，不是這名字多稀罕，而是親疏有別，總不能讓人笑話，我在悲哀和驚怕中，仍不失英明的。

大斜坡底迎面駛上來一輛花姿招展的靈車，這白色靈車有個半密閉後車廂涼亭，亭柱和蓬遮綴滿黃色的紙紮花。

這種時刻，遇見這種靈車，到底吉不吉利？靈車和我們的救援專號擦身而過，有力的黃色紙紮花飾裡，寫了「天堂鳥葬儀社」幾個黑色大字。

葬儀社和天堂鳥有啥關係呢？天堂不就行了嗎？

靈車的車速緩慢，這陡坡又長又斜，它爬行得挺費勁，我目送它上坡，赫然看見靈車內露出一雙腳。

一隻腳上穿著白球鞋，若不是它塗黃抹灰又帶血，我似乎認得這腳球鞋。那橫躺在靈車內的誰誰，另一隻腳脫得只剩襪子，更是血跡斑斑，十分難看。

完顏茲半身貼在我胸前，也跟著探看。她好奇個什麼勁，靈車內的景象會有精彩好看的嗎？她活該也看到了那一雙腳的一隻鞋和一隻襪子。我是不小心撇頭看見，阿茲刻意看，而且還發表恐怖言論：「車子陡成這樣，他會不會滑下去啊？」

阿茲說得完全沒錯，可她幫得上忙嗎？她想請她老爸停車，讓她去扶扶那個誰誰是不？

沒錯，有許多時候，我們對許多事幫不上忙，出不了力，可是心中仍不免一痛一怔。我生氣，因爲有更緊急的事在眼前，阿茲不關心，管那些有的沒的。她對柳景元莫名的有意見，難道在他生死存亡的關頭也不理不睬嗎？她若眞的這態度，看我怎麼對待你阿茲；我想到她曾要求我叫她「巧克力」，那不等於「甜心」嗎？

剛才，她半身貼在我胸前的探窗看望，這動作，難道我就沒意見嗎？雖然那陣水薑花的髮香不嗆鼻、不討人厭，可我也都忍下來了。我還沒心情問她，「巧克力」的意思是啥呢！

我回想靈車內的誰誰，想到他的家人，想到他可能又滑出車外的悲慘命運，又想到孤零零寄宿在教會的柳景元，想到他的聰慧、幽默和對我種種的好，我終於哭出聲來。

我不管這樣哭，對柳景元有沒幫助，我不管這樣哭會讓阿茲怎麼想，不管會不會驚動正專心開車的完顏先生和優雅又緊張兮兮的完顏媽。

我們的高級緊急救援車來到斜坡底，我擦乾淚眼，草坡上的柳景元不見了。

這個荒煙蔓草的路口轉角，這個高速公路陸橋下的草坡，只剩下那台扭曲變形的腳踏車。

完顏先生終於開口：「是這裡嗎？」我們的車緩緩繞過出事現場，又折返繞行。

柳景元是不是禁不住痛苦、耐不住等候，自己向外求助去了？

會不會是他經這麼摔跌翻滾，神智不清，自己爬去哪裡涼快？

是不是路過的善心人，將他送去醫院了？

以我對柳景元的了解，他有任何原因離開現場，肯定會留下些讓我追蹤的線索。

我下車，完顏茲緊跟我，又拉我手肘，像我要去草堆找地雷或獵捕猛獸，叫我：

「翔哥，小心，翔哥，這腳踏車對嗎？」

這時我更看清柳景元之遺車的慘狀：車身扭成曲形，前後輪胎爆裂，車座脫落只剩一根鐵柱，車輪的斑斑血跡，蔓延到草坡，草地四處是鮮血拖行的痕跡，紅殷殷，刺目血腥，宛如大屠殺的刑場。

景元！景元哪裡去了？

草叢裡一塊人面大的石頭，以血指寫著「天堂鳥」三字，血跡濃淡不一，可我一眼認得這是柳景元的筆跡，是他的血指遺書。

我將整塊石頭捧起來。

天堂鳥，啥意思，這三個字怎有點印象？

我捧著天堂鳥大石頭發愣，眼睛可沒閒著。要破解柳景元留下的謎語，肯定要身心手腦並用，我們鯉魚村的農業四健會輔導員最常說的一句話，沒錯，身心手腦並用。

天堂鳥這三個字，我明明有印象，一時又想不起來。

完顏先生按喇叭示意我上車，完顏媽也在車上招手。

我捧著沉甸甸的天堂鳥大石頭，心頭也沉甸甸，鬧哄哄。

完顏茲沒事又來抓我手肘，像這種愛哭，又愛跟路的女孩，根本不知輕重，說累贅太客氣。雖然是她爸開車來，我還是對她不滿。她每抓我手肘一下，我就痲一下，她沒看我捧著柳景元留下的超重謎語，有關他生死去向的謎題嗎？她沒想想這可能是柳景元最沉痛的血書遺言嗎？

完顏茲拈著一張名片，黃底黑字的名片：「翔哥，在你這塊大石頭旁邊的小石頭底下，壓著這張名片。」

天堂鳥葬儀社！

手肘的麻，一直麻到整個頭皮，又竄流全身，讓我彈起。

我將天堂鳥大石頭捧進車內，鄭重告訴完顏先生，揭曉的謎題，我沒怎麼，也這麼喘吁吁。完顏茲說得眞淸楚：「柳景元被剛才那部葬儀社的靈車運走了！」

完顏媽看一眼人面大石頭上的「天堂鳥」血指遺書，她急速顫抖，抖得我們的車也不平穩。完顏茲去摟抱她，安慰她，又淸淸楚楚的說：「我看見靈車上柳景元的襪子還在滴血。他不會死的，死人不會滴血的，媽媽，你不要怕。」

拜託完顏茲，你不要再說了。我捧著天堂鳥大石頭，胸口直發悶，這時我不會想哭了，我在最急難的時候，總不哭叫，直想嘔吐。

我發悶的心頭在吶喊，我叫你「巧克力」好了，拜託你不要再說了。

⊙攔截靈車搶救柳景元

我怕完顏茲又說：「車子陡成這樣，他會不會滑下去啊？」

完顏先生的賓士車爬坡輕巧無聲，衝勁有力，他稍踩油門，天堂鳥葬儀社那部花枝招展的靈車便在望了。

兩車逐漸靠近，我反倒害怕又愧疚。

我眞怕完顏茲說的「襪子還在滴血，他不會死的，死人不會滴血」的話不準。我慚愧自己看花眼，方才我怎沒認出柳景元的那隻白球鞋，球鞋上沾帶的咖哩粉和胡椒粉還有血跡，我都認得。他的另一腳鞋子還是我幫他從車輪拔脫出來，我怎看了兩三眼也沒印象。

柳景元躺臥在葬儀社的靈車，可能還有氣息，一定還有氣息。

方才被耽誤的十分鐘，若成了他生死的關鍵時刻，我這樣糊塗的眼力，怎麼對自己的良心負責，怎麼對牧師娘交代，怎麼對遠在東莞的柳爸和柳媽說淸楚，怎麼對得起我們比兄弟還親的情誼，他的小命簡直要葬送在我迷迷糊糊的眼光了。

我禁不住問完顏茲：「滴血就還有救嗎？還活著嗎？」

順便把天堂鳥大石頭交給她抱住，我馬上要下車拯救靈車上的柳景元了，是拯救、急救沒錯，不是處理，不是隨車守靈。

「我兩年前車禍，聽到救護車上的人說的。翔哥，柳景元沒事的，他那麼健壯有活力，肯定挺得住，翔哥。」完顏茲甘心抱住天堂鳥大石頭的模樣，讓我有點感動，感受到她的心意。這心意一時不明白，但就是有點意思，就說是患難見眞情，或許不差太遠。

我想到柳景元最後說的那幾句話：「我一定等你回來，翔哥，我給惹了大麻煩，你想生氣就氣吧。」「你儘管放心，我的精神會跟你。」我的淚水又止不住，也止不住的腿軟。

我們的賓士車一個漂亮斜轉，擋住天堂鳥葬儀社的靈車。俐落的動作，完全比美電視影集警車攔截搶匪車輛的動作，我下車的身手，應該也是麻利的，車未停妥，我已跳到靈車後，搶救柳景元，讓完顏先生和靈車司機去大小聲理論。

天啊，靈車內擺了一具嶄新的黃木棺材，棺材蓋一床花色毛毯，再只有一支圓木長棍和兩團蔴繩，沒有其他蹤跡。

柳景元眞被烏鴉嘴完顏茲料中，他從靈車滑落大斜坡嗎?‧不可能，我們一路尾隨，相差不過幾分鐘，柳景元那麼大個子，若躺臥在斜坡，我們一定會發現。

難道他機敏過人，又爬去路旁草坡避難？

我不信，我的硬頸精神發揮起來，對於眼見爲憑是深信不疑的，對於沒親見的事物，要讓我相信，可不簡單。沒錯，這就是我們客家精神的堅毅不拔。

我不怕忌諱，趴在靈車地板掃描，難道柳景元被顛晃進某個角落，憑他的個頭，要把他塞藏得密實，恐怕也不是容易的事。我聽見有人開罵，不是完顏先生的聲音，是靈車司機和另一名搬運工模樣的粗漢，他們輪番謾罵完顏先生：「你開賓士車了不起啊，你要我們出車禍啊？你這樣緊急煞車，要是靈車棺材損傷你負不負責啊？你以爲在拍電影啊？」「我告訴你，我這車沒運載過活人啦！找人找到我們車子來。」「啊！有了，我們還有另一部車在前面，載人？剛才好像有撿到一個少年人，出車禍的，酒醉騎腳踏車的，你是他親人，怎麼酒醉還讓他騎車呢？」「你趕去前面看看，我警告你，少用這招停車擋人的特技，會害死人啦！」

連著兩部靈車爬大斜坡，同是天堂鳥葬儀社的車子？我怎會沒看到呢？簡直是靈異傳奇，挑戰我的眼睛。

完顏先生似乎相信了，他連聲向第二號靈車司機道歉，招呼我上車，我們像一對烏龍警探，隨即又去追趕第一號靈車，「怎有這種怪事，想來讓人納悶。」完顏先生嘀咕，我想這豈止納悶，簡直詭異到極點，詭異到讓人懷疑。

眞玄啊，我們的黑色賓士衝到大斜坡頂點，果然趕上另一部天堂鳥葬儀社的靈車。

我又看到靈車內伸長的那兩隻腳，一隻穿鞋，一隻穿襪子的腳。

這一回，完顏先生不敢再使出急轉斜側擋車的特技。他不斷閃拉大車燈，伸手示意，請靈車停下，樣態比較像臨檢的交通警察。我叫完顏茲把天堂鳥大石頭放下，要她準備跟我下車。我有點覺得，她比我想像的要聰明些，比我想像的機靈些，當我們找到眞正的柳景元，不知會有什麼狀況，或許她能幫上忙，特別在這種危急存亡的時刻，她會是個有用的人。

我們攔住了第一部靈車，我和完顏茲迅速下車，沒想到完顏媽也跟下車，手上還握一把長長的枴杖鎖。

這斜坡頂不遠處，就是市塵居的相思樹林，完顏媽就這樣走了。

我和完顏茲衝到靈車後，我看到柳景元的兩隻腳，沒錯，是他，他被靈車運上來了。

是誰通知靈車來收拾呢？

他怎麼會搭靈車當便車或當救護車呢？他糊塗了嗎？

躺在靈車裡的只是他的身體，而精神不在了嗎？

我哭叫起來，我生平不曾在三十分鐘內哭哭停停這麼多次，不曾和靈車追逐，又檢查它的運載內容這麼多次，這些，都是柳景元造就的；「景元，景元——」我只會這麼叫他，不知下句該問：「你好嗎？」或「你在嗎？」或「我們來了。」

我搖動他沾了黃色咖哩粉和胡椒粉的白襪，血跡斑斑的襪子，我聽到景元一聲叫和連續的呻吟，很像有一回我幫他瞎按摩，他發出的怪異聲響，但我確定是他沒錯。

我眞希望他的襪子還能滴出血來，因爲完顏茲說過那樣道理。

完顏茲眞勇敢，她不嫌髒，又去搖動那隻色彩斑斕的白鞋，柳景元又叫了，說痛！

我高興極了，他還曉得痛，他是有救的。我盼見他滴血，又希望他喊痛，我瘋了？趕緊輕摸他襪底腳掌，測試柳景元的反應。

腳掌抽搐一下。

我乾脆摳他腳掌心，再測試反應。

完顏先生和第一號靈車司機、搬運工再次理論，我忙著，聽不清他們爭辯的具體內容，只斷續幾個話題：「是我們路過看到才撿上車，當然要送去醫院。」、「你跟他非親非故，憑什麼把人放給你？」、「我們當然負責到底，我們會等到他親友來認，若急救無效，我們有義務處理他的後事，有權利認定他是我們的客戶，是我們的業績。」

柳景元有反應，他居然說：「好癢，翔哥，我等你好久啊。」

太神奇了，柳景元的反應完全正常，癢是多麼細微、多麼高級的感覺，絕不是傷重命危的人能有的感覺。

「我們幫你扛下車來好嗎？」

柳景元的表現更出色了，他還能半仰卧起坐，觀察我們，說：「憑你們兩個瘦又薄板的人扛我？我自己下車好了。」

柳景元彷彿大夢一場醒轉，雖一身傷、一身髒，精神卻特好，好到令人想笑，他又問：「可以走了嗎？跟誰走？」

我趕緊拉開賓士車門，柳景元一瘸一拐，可他確實自行走動，他走得眞好，這麼走上車，一屁股坐在後座。

我聽那粗勇的靈車司機大吼大叫，意思是不允許我們把人運走，這和道義、權利和義務有關，他逼完顏先生拿出證明，證明柳景元的血親關係，否則別想。

這時，我看見完顏媽又回來了，她手上的枴杖鎖還在，另一手又多了大包胡椒粉，我受夠了的嗆辣粉末，我想，肯定是優雅又緊張的完顏媽，預見這場拯救柳景元計劃將難分難解，才有這一手硬、一手軟的招式，趕回去取來她故鄉特產的胡椒粉做禮物。

完顏媽勇敢站上仲裁位置，也就是完顏先生和靈車司機、搬運工中央。我曾見完顏媽向我使了一個又黑又亮的眼色，她下巴還輕揚了一下，示意我們先走嗎？

走？走哪裡？

坐車嗎？誰來開車嗎？難道留她一個泰國資深美女和兩名靈車壯漢周旋？這場面

恐不比伸展舞台，憑微笑、美姿和曼妙台步，就能從容脫身。

完顏先生忍得放太太一人抗敵嗎？

完顏茲叫我上車，她竟然坐進駕駛座，熟練的發動汽車。她交代我繫好安全帶，隨即將方向盤打了一百八十度，黑色賓士車掉頭往斜坡滑駛下去。

「翔哥，你帶路，我們該去哪裡，你說！」完顏茲小孩玩大車，她嬌小的身軀在駕駛座，顯得更小，她居然又放開一手，在車窗下摸索按鍵，調整座椅前後高低：「從小看我爸開車，我都清楚，只沒試過。翔哥，這是我的第一次，好高興是跟你。別怕，你說去哪就去哪？我們能救回柳景元，你總算安心了。」

從後視鏡看去，靈車司機和搬運工發現半路撿來的傷者被我們搶運走，氣得抓狂，他們張臂伸腿和完顏爸媽理論，我看完顏媽將那包胡椒粉推推送送，竟就對那兩壯漢一頭一臉撒去。完顏爸拉著完顏媽奔跑，跑得像電視偶像劇的俊男美女主角，跑進了相思樹林。

那兩個可憐的倒楣人，他們悲慘的反應，我不想也知。

完顏一家人，肯定被我和柳景元嚇著，但完顏先生的冷靜沈著，完顏媽的胡椒粉獨門祕功和完顏茲新手開車的膽氣，不也把我們嚇到了？

柳景元必定要趕緊送去醫院。在我們鯉魚村，傷病較重的人都往豐原送醫，小孩開大車、新手上路的完顏茲，就算膽敢開去，我也不認得路，也沒膽坐她的車。

柳景元酒後騎腳踏車闖禍，完顏茲借膽開賓士車，不也更危險，要是天堂鳥葬儀社的靈車追趕來搶柳景元，完顏茲對付得了嗎？柳景元會不會又受二度傷害呢？特別是被完顏媽的胡椒粉激怒的兩名壯漢，誰知他們會被激發出什麼威力。

先回鯉魚村，到上山下教堂求助，徐牧師會開車，必要時由他轉送柳景元去豐原就醫，牧師娘和夢幻俠薈姊的醫護常識豐富，絕對可為柳景元做初步止血和清傷護理。

對，先回鯉魚村再說，我認路，指揮完顏茲方向，我們總要密切合作了。我不想讓完顏茲去我們上山下，我家的老夥房三合院，比起市廛居「樹小屋新字不古」的豪宅，顯得多麼簡陋，我家的禾埕，比起她家環繞樹蘭矮籬的草坪，多麼不稱頭。像她這種作風豪爽的大千金，若眞來找我，幾天來一次的糾糾纏纏，我阿叔和媽會怎麼說，可命運在冥冥中注定，這一回，不讓她來都不行了。

我問斜躺在後車座的柳景元還好嗎？哪裡特別痛？

他說：「很好，所有部位都痛。」

這又什麼意思？我也迷糊了。

第十章　人事物攜帶著天地訊息

柳景元在豐原醫院住院一禮拜觀察治療。他有輕微腦震盪，右四肋骨裂傷、右腳踝脫臼、右腳掌開放性創傷和其他擦傷六、七處。這些大大小小傷口只縫合十三針，可見他多麼耐撞、耐摔。這些傷口和渾身筋骨痠痛造成的不便，卻都不如他自己咬傷的舌頭，讓他用餐和說話不順暢的痛苦。

柳景元的「靈車驚魂記」或「酒後騎車事件」，眞是驚動了台灣海峽兩岸親友。我在每天放學後，輪坐朱老師的摩托車便車或完顏媽的淡紫色轎車去豐原醫院看他，徐牧師和柳景元的牧師娘阿姨多半輪流守在醫院，照顧柳景元也主持懇親會。在醫院病房，我見到他從台北來的二叔，高雄來的大伯，香港來的三姨，吉隆坡來的大姨和深圳來的四姨媽，還有從東莞趕回來的柳爸和柳媽。

這些平常難得一見的人，怎等得柳景元摔跌得去掉半條小命才出現？他們送來的東勢高接水梨、潭子玉荷包荔枝、員林肉圓、萬巒豬腳和吉隆坡榴槤糕，宛如名產總匯，但柳景元舌頭不便，只適合吸食流質飲料，無福享用這些美食。這些來去匆匆的親友訪客，徒擾了柳景元休息養傷，白讓我分享了美食。平常，柳景元的零用錢寬鬆，他買了好吃好喝的蔥油餅、紅豆湯、魚丸湯少不得都留我一份，這特殊狀況送來的美食，我當然也有份。

其實，柳景元在豐原醫院住三天便吵著出院回教會，他說躺在我家禾埕外的歪脖樹下納涼，比在病床強十倍。要不是醫師恐嚇「萬一有變化，本院不負責，」還有牧師娘再三勸阻，他才勉強躺在單人病房對一一來探看的親友敘述恐怖又好笑的「靈車驚魂記」和驚險又血腥的「酒後騎車事件」，像錄音機再三再四播放這些精彩片段，接受大同小異的怨怪、慶幸或忍俊不住的掩口竊笑。

柳景元喜歡我來醫院陪他，甚至希望我能留下來過夜，他也喜歡完顏媽和完顏茲來看他，至少，我們都不需他複述那天的慘劇。

完顏先生不曾來豐原醫院看望柳景元。

完顏茲駕駛黑色賓士車載送我和柳景元回鯉魚長谷求助的事蹟，也被刻意不提。完顏媽的胡椒粉獨門秘功，也希哩忽嚕消失。完顏媽來醫院，總優雅平靜的坐在病房一角，多半不開口，只讓我和完顏茲與柳景元交談。

大人相互恩怨，我不知怪誰，甚至也分不清對與錯。

對柳景元欣賞而連帶對我們班好的地理林老師和國文朱老師，也來過醫院。柳景元對這次因他而起發的大人恩怨，或因他而再掀起的陳年過節，很內疚，於是對大姊姊般的國文朱老師提起。朱老師美麗而明亮的大眼睛，眨也沒眨一下，她靜靜傾聽，微微點頭。

柳景元坐輪椅，我幫他推車，我們和朱老師來到五樓病房通道的盡頭，一片密閉而明亮的落地玻璃窗前。

通道地板是橙紅的夕照，一球夕陽懸在平原盡頭，彷如靜止的燈，落地玻璃窗是溫熱的，通道內卻沁涼舒爽。

我將輪椅推靠玻璃窗，讓柳景元俯瞰綠茵草坪中的那座圓形噴水池，池中滿佈青苔的直立鯉魚噴出漫飛水花，形成一道層次分明的彩虹。

好看。

朱老師說：「在大學時代，我們班的才女夏瑞紅寫了一篇散文，其中一段文字，我覺得有意思，跟這次突發的遭遇有些相似：『這世間每句話、每個人、每件事乃至每個物件，無不默默攜帶著天地的訊息，文化的密碼、族親的繩結或朋友的印記，在漫漫時空相互傳遞，相互改變，散聚無常。』也就是說因緣一到，自然有了離合，我們不能把稱心如意的結果一定看做殊勝，把意外突變看成禍災，總是看淡些、平常些，日子才能過得輕安。」

朱老師說得太玄秘奧妙，我不太聽得懂，柳景元直點頭，到底又明白幾分？

我只覺得這世界廣闊豐富，有時竟也狹窄擁擠，我和柳景元無意的一次串門，居然牽引出一串族親的繩結，以及未可知的連鎖變化。

朱老師的意思，約莫是教我和柳景元寬心，特別是對闖禍大王柳景元開示，希望他好好養傷，勿自責太深。朱老師的這段話，我覺得若再加上佛號，那就是佛門大師姊講經了，可她很自然，更誠懇，讓我不太有說教聽訓的味道。

⊙愛是恆久忍耐又有恩慈

完顏先生是徐牧師的姊夫。泰國小姐的完顏媽，是使得徐牧師大姊和完顏先生婚姻破裂的元凶。徐牧師的大姊也就是完顏大媽，婚後十年不孕，有意收養完顏茲，也如願收養到完顏茲五歲。泰國小姐的完顏小媽終於來到台灣，母女相會，也引發完顏家庭革命的劇變。

徐牧師顯然對完顏先生不諒解，對完顏小媽不尊重，特別是他們居然巧不巧的住到三義來。

徐牧師在鯉魚村基督長老教會駐堂兩年，完顏先生的相思林市廛居也只落成兩年，他們姊夫和小舅，將近十年沒見面，誰料到生平第一次開車的完顏茲就將車子開到了教會廣場來。完顏先生和完顏小媽來這裡認領人車，他們姊夫和小舅終又在柳景元的病床外相見。

那天，完顏茲平穩駕駛賓士車，在我準確的指揮和柳景元嗯嗯哼哼的呻吟中，駛過鯉魚口，駛過南片山下，在景山鐵橋下左轉五櫃坪，平安抵達耶穌保佑的教會廣場。

途中，我們不曾遇見一部車，車後也無人追趕，我們比渡紅海的摩西幸運多了。徐牧師呼叫正在上主日學課的牧師娘阿姨，他們遠遠望見扭曲變形的柳景元被我和完顏茲攙扶下車，居然打量他的斑斑血跡，一時不敢相認。完顏茲倒是一眼就認出徐牧師；叫他：「小舅，小舅，我是巧克力。」徐牧師抱過幼年的完顏茲，帶她去動物園看大象、去福樂吃冰淇淋，還去龍山寺拜拜，差點讓完顏茲被一個精神失常的女遊民帶走，這一回，他不認得人。

也許徐牧師急沖沖要送柳景元就醫，他和牧師娘對完顏茲的親熱叫喚，居然沒反應，更別提是相對熱絡的回應。

我和完顏茲要求搭他們的車，陪柳景元上醫院，也被一口回絕。

我一頭納悶，像完顏茲這種患失憶症的女孩，也許對往事遺忘得乾淨，也許記憶錯亂，把些路人甲乙丙兜攏一起，攏湊得如眞似假。我不了解失憶症狀，可她一口咬定曾見過我，這就離譜得好笑了。她從前多半住台北，我這輩子才去過台北兩次，哪裡被她見過，在大象林旺的欄柵前嗎？她既確認見過我，我該也見過她，她記起來，我卻忘了，難道患失憶症的人是我？好笑！

完顏茲這樣見一個認一個，來兩個認一雙的認人法，我覺得對她的失憶症很不好，假若認錯或對方不回認，那不很受傷害嗎？

偏是完顏茲十二分當眞，她喜孜孜說：「我記起來了，我記起來了，小舅叫徐友勝，他是我大媽的小弟，在神學院讀書。我來過這裡，我在這教會上過洗手間。那洗手槽的牆上瓷磚，有很多百合花。」

我實在不好這麼有的沒的和完顏茲胡扯下去，會害了她沒完沒了的錯亂下去。教會廁所的瓷磚有百合花圖案嗎？我在主日學教室溫習功課，怎沒注意到，這要查證，毫無困難，馬上辦。

我給柳景元酒後騎車一連串驚魂嚇不見的尿意，這時也漸恢復正常，想去解放一下，那就去吧！

廁所隱藏在教堂右側走道盡頭，還得拐個貯藏室的小彎，完顏茲既然記得來過，那就由她帶路。

完顏茲彷如要去山窪幽谷採摘野百合的恍神少女，她走得熟門熟路，走得理直氣壯，準準準的進到廁所。

沒錯，廁所有個洗手槽。但洗手槽上沒有瓷磚，對不起，它是一長條拼花木板，木板懸掛藤籃裝的黃金葛盆栽和每個男生小便斗同步的六句詩歌：

愛是恆久忍耐又有恩慈
愛是不嫉妒
愛是不自誇不張狂
愛是包容相信與盼望
愛是不做害羞的事
愛是永不止息

完顏茲並不失望，我反而擔心，越固執的人，越不容易失望，所有事情越嚴重。

她還細細檢查洗手槽上的拼花木板，好像裡面夾著她的記憶藏寶圖。別找了，從我小時候第一次來這裡尿尿，這些拼花木板和愛的詩歌就存在了，我從來沒見過一朵鑲嵌在瓷磚裡的百合花。

「我想起來了，巧克力是友勝小舅幫我取的小名，他說我長得黑黑甜甜。我想起來了，是大媽帶我來這裡的。」

再鬧下去，她想起這個，記起那個，柳景元又送醫去了，徐牧師和牧師娘也不在，我一個人怎麼把她喚回現在的眞實世界？

「阿茲，我們把車開回家好嗎？我還得把放在你家的腳踏車騎回來。」

「翔哥，你叫我阿茲，我好高興，今天的日子太值得紀念了。」完顏茲興奮個什麼勁，今天若值得紀念，也因一整個下午的驚險萬狀，跟我叫她什麼沒相干。完顏茲的失憶症在這時又復發，她手上握著賓士車的鑰匙，居然說：「翔哥會開車嗎？是我開車來的。我不敢哪，我從不曾開過車，有時還暈車。」難不成，這車自己飛來嗎？

我不想和她扯下去。一下午東奔西跑，爬上衝下，我在這時一放鬆，全身湧起陣陣疲累和徹骨痠痛，再和完顏茲這款沒頭沒腦的瞎說，我若昏倒，也不奇怪。「你撥電話回家，看看你爸媽有沒有平安脫身，要是沒事，請你爸爸過來把車開回家，順便接你回家，想你今天也累了。」

「我還好，能和翔哥相逢，無論如何，都是美好的，我不累。」

天啊，她還不累，我無論如何都要她撥個電話回家，這事才能辦下去。這不是我過河拆橋，完事不理人，實在是有不得已的苦衷。

完顏先生和完顏小媽機智過人，他們順順利利脫身，已平安回家，正等待我們的消息。

我怕完顏茲越扯越遠，乾脆接過電話由我負責簡報過程和申請下一步支援。完顏爸媽答應馬上趕過來接應，我怕他們找不到，想去景山鐵橋下的路口等候，完顏茲卻說，任何地方的教堂都是最好找的地標，不如趁這時帶她去我家。

去我家幹麼，我阿叔和媽看我突然領個陌生女孩回家，又聽她翔哥、翔哥的叫，我要費多少口舌解釋才說得清楚。我從小到大，多少女生向我提出請求：「班長，我們到你家去玩好不好？」我從沒答應，何況她們還相偕作伴來訪，我都拒絕了。讓完顏茲和我成對回家，不恰當吧？

完顏茲看我猶豫長考，她看得極不順眼，說：「你不帶路，我自己走。我不知這裡的地名，可我記起來了，這裡我來過。」完顏茲閉起她的大眼睛，站立不動。怎麼？她也會作法嗎？能喚回她的前世記憶嗎？那我奉陪，等著。剛才說什麼洗手槽上方瓷磚的百合花圖案，差一點把我唬過去，到底是瞎猜。完顏茲又說：「這裡有一家雜貨店，賣好大好大的饅頭，還有一座鐵橋。翔哥，我記起來了，你家有個大庭院，有一口泉水，你有一口整齊的白牙和琥珀色的眼珠，我想起來了。」

完顏茲彷彿發現天大祕密，高興個什麼勁。若不是我疲累得全身痠痛，我簡直也要陪她大笑。

我家務農，少不得有個曬穀的禾埕。我就站在她面前，我的眼珠和牙齒的顏色，還得她故作神祕的閉眼作法才看見嗎？鐵橋，剛才開車回來，不就在鐵橋下的路口轉彎嗎？

她說要自己走去我家，行，我跟隨。

離開教會大門，完顏茲向左轉，眞是朝我家方向走去。我故意喚她：「轉這方向對嗎？」

她的大眼睛明澈照人，笑說：「右轉，那是去雜貨店買饅頭。翔哥，你好壞，你怎一個下午就變壞了。」

到我家，要爬一個迴轉坡，繞過墳場上方的鳳凰樹，我家左右還有三戶人家，都有禾埕，都有一口洗衣、洗菜和打水的湧泉池，我就看她怎麼瞎走。橫豎她爸媽找到我們敎會，至少也得半小時，閒著也閒著，她不累，愛閒逛，我也不阻撓她。

完顏茲四處張望，像在景點摸索路徑的觀光客，她稍一細想，居然向我招手，意思是請跟我來。她神情輕鬆，腳步踏實，又像久別返鄉的遊子，對鄉居小路一時恍惑，多看一眼卻就認定了。

可怕呀，完顏茲半步都沒走錯，她繞過林蔭清涼的迴轉坡，迎面第一戶三合院的潘家黑狗叫喚她，她理也沒理，直往鳳凰樹走去，她說：「我想起來了，五歲時，大媽帶我來的，說你家有個小男孩要和我交換。我記起來，我在這樹下站著，看你牽緊小弟，站在三合院門口那棵歪脖樹旁瞪我，用琥珀色的眼睛瞪我，罵我說：『你走！』我記得你的牙齒又白又整齊，我從沒看過的。」

⊙完顏茲的舊地重遊令人迷惑

完顏茲說什麼？

她說的情景彷如一幅在閃電的光芒出現的畫面，畫面不清，卻實實在在電得我全身發麻。

她怎麼知道我家小弟阿信牯即將被抓走的情景。

她怎麼會知道？

這是我心中最最痛的回憶，最最最無奈無力和無助的一刻，全世界的人，我只對柳景元提過一次，柳景元不可能告訴她，完顏茲也不可能知道。

我強作鎮定，再也笑不出來。肯定是完顏茲瞎矇瞎說，我可以考驗她：「我小弟叫啥名字？」

「我不知。」

看吧，一問就不知了。「不知，那你要來交換什麼？」

「大媽要把我留下，因爲我的泰國媽媽要來找我，她要換走你小弟。啊對了，你拉著小弟往老家後山跑，我聽到你罵我你走開，你叫小弟信牯——信牯快跑。你爸媽和我大媽在講話，還有三個人，一個女人和兩個叔叔，叔叔一個高瘦，一個矮胖，他們沒看見你帶信牯跑去後山。我好想你趕快逃開，我好害怕，想哭，但大媽拉我雙手，拉得我手痛，我也跑不開。」完顏茲現在就站在我家禾埕的斜坡下，她走到歪脖樹邊，摳它的樹皮，她快哭出來了。「翊哥，我記起來了，我五歲時來過這裡，差點留下當你妹妹，我見過你的。」

完顏茲根本根本不可能知道這件事，她根本根本想不出這樣的情景細節，她怎麼記得這個我想遺忘的情景，她怎麼知道阿信牯是我失散十年的小弟。

她怎麼會從我心中的最痛，重開她的記憶之門呢？

她一定從哪裡聽來這故事的片段，拿來嚇唬我，我還要考驗她，「我把信牯帶去哪？」

「我不知。」

看吧，再問又不知了。「不知，那你怎沒留在我家？」

「那小信牯被你帶跑，他們的交易做不成，我跟誰換？」

「你大媽在做小孩交易？」

「不，是那個小個子的扁臉女人和一高一瘦的叔叔。我大媽只想把我換走，換你小弟阿信牯回來。」完顏茲還忍著不哭，她的大眼睛直視著我，好像眞的清醒了，清醒在一個讓我痛苦，也讓她難過的時空裡，「翔哥，你相信我在這裡見過你嗎？在我們小時候就遇見嗎？我還見過你母親，她穿一件寬寬的七分長褲，黑色的，她臉上有很多細小又整齊的皺紋，我不怕她，她蹲下，拉我的手問我：『細妹，你按靚，妳喚道麼介名？』（小女孩，妳長得眞可愛，妳叫什麼名字？）我告訴阿姆，我叫巧克力。你母親的手掌很粗，但熱熱的，柔柔的，她牽我的小指頭，笑問：『麼介巧克力，係甜甜，黑黑的，按好食的巧克力嗎？』她笑起來，也有一排和翔哥一樣整齊潔白的門牙。阿姆還說要教我唱山歌。」

「你知他們把信牯帶去哪？」

完顏茲搖頭：「翔哥，你看到誰帶走小信牯嗎？我記得信牯有一雙胖墩墩的小腿，白白的，小步小步跟你跑去後山。翔哥，你想起來了嗎？你想起見過我？我又被帶回台北，爸爸知我被帶來這裡交換的事，他非常非常生氣，他罵大媽狠心，他和大媽吵架又打架，我們都搬出來，等泰國媽媽來接我。」

這樣隱私的傷痛，完顏茲該知道的都完全正確，我怎能不信她到過我家禾埕，怎能不信她曾見過我？

可我怎對她毫無印象，是我選擇性的遺忘嗎？

我眞想再見阿信牯一面，他是我小弟，長得那麼聰明又可愛的小弟，從我雙手被那個扁臉矮女人和一高一胖兩男人搶走的小弟。

我卻不想記取那一幕，我想徹底遺忘那椎心刺痛。

在這世界，我只告訴柳景元，我帶著信牯逃到後山竹林躲藏的事，那裡的蚊子成群，我們撿到一隻比面盆大的蛇龜，我和信牯捧抱蛇龜，走過五櫃坪山路，我們一直走到景山隧道，穿過隧道來到鐵橋，蛇龜脫手，掉到景山溪，那兩男一女的人口販子發現了我們。

我在這段破碎而清晰的回憶，不清不楚的說著。

我在這段只有我聽懂的敘述，淚水滂沱的流著。

柳景元卻一句一段聽得明白，他拉住我雙手，又幫我擦淚，說：「翔哥，我能了解你當時的無助和氣忿，想哭，你就哭。」

柳景元靠近我的額頭，捧著我雙頰，我禁不住顫抖的雙頰，說：「翔哥，讓瘡疤裡的膿擠出來，傷口才有可能痊癒，我知道你的慌張恐懼裡有無奈和恨，我們一定可想到找回阿信牯的方法，把他找回家，至少看一看，你說對不對？」

什麼好方法呢？

被擠壓的傷口，若不能適當療傷，會不會更嚴重呢？

我不相信柳景元能有什麼好方法找回阿信牯，可他的誠意眞情，我是深切感受的，我不後悔告訴他這心中至痛，我畢生最大的秘密。

現在，又來了一個完顏茲，她似乎知道這件事的另一部份，我所不知的部份，且她在現場的敘述，似乎不假，且她還是交易的人選，差點當了我的妹的人。

這不是太玄奇了嗎？

我怎可以輕易相信，我不想將帶信牯在後山逃亡的經過告訴她。

怕自己承受不住，在初識的她面前不禁痛哭。在柳景元面前，我可以哭得無所掩飾，因我們交情不同。完顏茲說我們相逢，且認識我在七歲那年，可那是我不想留存的七歲，那時的人和事，我都想統統遺忘。

我媽從左護龍的廚房側門聞聲出來，「翔牯，轉來毋入門，聽你同麼介人講話？」媽向來都穿黑布或藍布的寬鬆潮州褲，她雙手在腰間的圍兜擦拭；看見完顏茲，笑盈盈說：「你是翔牯個同學麼？按靚呢，你喚道麼介名？」（好漂亮，你叫什麼名字？）

世間慈母的形象，我想就是以我媽做範本的。

我幾乎見過所有同學的媽媽，在她們的優點裡，有的和顏悅色，有的關切兒女的安全和健康，有的嘉許兒女進步一點點的功課，有的把家事料理得妥貼，有的烹調出誘人美食，有的總有春風的笑容，有的能在農務上領先所有男人。

我媽媽，她兼備所有的優點。

我只是納悶，我媽這樣慈祥又能幹，且身在「女人是一家之主」的客家傳統家庭，媽怎麼樣樣大事都讓阿叔做主。她的慈祥摯愛怎能被「阿信牯留在家會早夭」的迷信打敗？她怎能讓阿叔做主找人來帶走阿信牯？且是讓那扁臉女人和兩男人從我手中搶走，在景山鐵橋高聳的軌道枕木攔截、包抄、搶奪走了！

就算在我出生前後，她失去了四個早夭的兒女，可阿信牯長得多健壯、多漂亮，他三歲就像一頭小牛，一頭聰明俊美的小牛。媽怎捨得讓人帶走他？她怎會讓阿叔變得權威，她怎會讓阿叔全權做主？

這樣的媽媽，似眞如謎，我始終沒想懂。

我媽對人總親切和善，完顏茲甜孜孜喚她：「阿姆，我在這裡見過你，我記起來了，我叫巧克力，阿姆叫我留下，要教我唱好聽的山歌哩。」

我媽喜歡小孩，喜歡年輕人。從小學一年級以來，總有女生要求我「班長，我們去你家玩」，我從來沒答應。可總不缺一些冒冒失失的女生，擅自就來了，在我家這禾埕閃閃躲躲、探頭探腦，就我媽看見。我媽問清來人是我女同學，總和她們親切招呼，看到誰特別順眼，常要人留下吃飯，還要教她唱山歌，那和善火熱的樣子只差沒邀人留下當我婦娘（媳婦）。哎，媽。

完顏茲若不曾來過我家，她怎知我媽的口頭習慣？

我媽粗糙而溫暖的手拉著她，聽她說：「阿姆，我又轉來了，我好喜歡，翔哥，不信我見過他。翔哥長大了，但沒變，我一眼就認出他，你們怎都忘了我，我長大變醜嗎？」

我媽是安慰她，還是說眞心話：「細妹，阿姆毋記才（記性不好）沒認出你，巧克力，巧克力，我記得這名，甜甜的。妳是按靚細妹，妳是客家妹嚒？好像也會講客家話？」

完顏茲說她記起了這個，記得了那個，問到最緊要關頭，比如阿信牯被人帶去哪，她又一句：「不知。」這裡記得有用嗎？她說回來好高興，高興啥？

「我五歲來這禾埕那天，剛下過雨，我看翔哥帶信牯跑去霧濛濛的後山，我好擔心，好難過，那天回台北，我就想學客家話，以後好跟妳講話，跟翔哥講話。我的泰國小媽來帶我前，爸爸幫我找奶媽同住，我唯一要求是客家奶媽，阿嬌奶媽一直帶我到小學四年級，偓的客家話就是同她學的。」

我媽收了笑容，一臉納悶：「細妹，妳講信牯，誰是信牯，誰是泰國小媽，聽毋識呀，聽毋識呀。」可她仍拉住完顏茲雙手，彷彿見到失散多年的女兒，或是她未來的媳婦。

哎，媽。

⊙大人的恩怨情仇會傳染

完顏小媽不愧是正牌泰國小姐出身，除了美貌，更有機智，她駕駛淡紫色小轎車載著完顏先生，一路找到我們鯉魚長谷教堂，找到黑色賓士車，又曲曲繞繞來到上山下我家禾埕下，將汽車穩穩停在鳳凰樹旁。

完顏小媽說她聽到完顏茲的聲音，尋聲找來。這哪有可能。她的特異功能簡直比美觀世音菩薩！我聽說有些媽媽，可以在一千個小朋友集會的廣場，一眼就認出她的孩子，有的爸爸更神奇，能在鼓號樂隊遊行的大街，聽見他失散兒子的哭聲。

這是心電感應嗎？

有一天，假若我家的阿信牯出現在某個人潮聚集的廣場，我能一眼認出他嗎？假若在某個熱鬧的集會，阿信牯在場，他哭了，我可一聽就認出他嗎？

我多麼想遺忘九年前那雨後黃昏的鐵橋情景，阿信牯被人強行帶走時的哭聲，還有我被反綁雙臂時哭喊的聲音，那迴盪在景山隧道的聲音。

我又該確確實實記得阿信牯的種種，否則，我怎麼再和他相認，那個從我心中被拖去，失散的小弟。

我媽和阿叔是阿信牯的親媽和親爸，這麼多年來，怎沒提過他一次，他們眞的將他遺忘了嗎？或他們不願記得這件事，他們害怕的又是啥？

完顏先生不愧是精明又見過世面的貿易商人，我簡略告訴他幾個柳景元可能去向的訊息，居然準準判斷他被送去豐原醫院急診室。

完顏先生撥電話去醫院查證，柳景元果然在那裡。完顏先生要我帶她去柳景元寄宿的房間，房間內到處是書，完顏先生隨手抓了《未央歌》、《門得列夫之夢——從鏈金術到週期表的誕生》、《文化苦旅》、《梵谷傳》、《巫婆的七味湯》，還挑了滿滿一袋子柳景元的紙筆和三套換洗衣褲，盥洗用具和身分證、健保卡、碗筷和不鏽鋼手提食籃。

我們改坐賓士車趕去豐原醫院。

完顏先生一貫作業的高效率和精確，非常嚇人，可我一路的沉默，也不全然是這大開眼界和一身痠痛疲累。完顏茲如眞似幻的記憶，她幾句不像揑造又令人疑惑的敘述，像泄洪的鯉魚潭水庫，巨浪懾人，讓人心驚，又想多看一眼，多聽一點。

完顏茲一路吱喳興奮，說個不停的仍是她記起這個，想起那個。但奇怪的是，完顏先生和完顏小媽完全不知這故事，他們是生平第一次進入鯉魚長谷，第一次來到我們村落，甚至不願她提起「巧克力」這小名，彷如這是個忌諱人物的專屬叫喚，聽到讓人不愉快。

我不知完顏茲說這麼多，有何不好，只覺得氣氛詭異，讓人不安。對她不好，對阿信牯的下落不好，這是一種說不清的預感直覺，我按著太陽穴，低聲告訴完顏茲：「我暈車，頭痛。」

完顏茲似乎能在一瞬間改變心情和態度，她隨即收聲，比畫手勢，表示要幫我按摩。

我哪敢接受她這種特別服務。

不管她爸媽在不在我們前座看著，我這輩子沒讓女生碰過手指以上的任何部位，更別說抓抓捏捏的按摩。我若被她按摩，不一定會怎樣，但一定破了我們村裡十六歲少年的記錄。

完顏茲實在不是普通特別的女孩，她悶不吭聲的爸媽也不是普通特別的爸媽，女孩幫個陌生人按摩，即使是按摩頸部和太陽穴，在我看來作風眞大膽。

完顏先生在豐原醫院街上買了水蜜桃和水梨，又去金石堂書店抓了當期的《講義雜誌》，《聯合文學》和《大地地理雜誌》，讓我們四個人滿滿提進醫院。

柳景元在急診室做完所有檢查和初步護理，被轉送到五樓的外科病房。

完顏先生和徐牧師多年不見的姊夫和小舅，終又在柳景元的病床邊相見。

原本，久別重逢，未必歡喜愉悅。

原來，世間的恩情和怨恨，也會連帶感染。

原來，像徐牧師這樣崇高懷抱的人，未必超脫人世的糾葛。

原來，像完顏先生這樣精明能幹的人，也會陷在感情的泥淖。

牧師娘、柳景元、我和完顏茲被完顏爸媽和徐牧師重逢的尷尬波及，一時竟無話可說。那時，我們不明白他們之間的恩怨，但他們刻意的生疏，尷尬的迴避，禮貌的輕蔑或高傲的不屑，讓柳景元的病房溫度一直下降。

這時，誰是局外人呢？

柳景元是唯一不受牽扯的人嗎？他想得便宜咧，沒他冒失闖禍，我們這些原本相安無事的人，會在一個下午集聚在一起。

我沒責怪柳景元的意思。這幾條糾纏不清的情感之索和瓜葛不明的恩怨苦果，說不定因此攤開來理個清楚，因此剖開來，剔理個乾淨，我們要找的人，想記起的往事或要徹底遺忘的回憶，趁此來個總結也說不定。

沒錯，說不定我們又再陷入痛苦的深淵，又緊緊被苦難捆綁。

無論如何，我提醒自己，不能怪罪柳景元，何況，他一身被摔跌成這這副扭曲變形模樣，他被紗布包裹得像個木乃尹的現在。我們興沖沖跑來探病，又冷冰冰離開醫院，坦白講，對柳景元也有點殘酷，有點莫名其妙的不合人道。

第十一章 我去醫院噴水池潛水

潘有溪老伯也是我們鯉魚長谷怪客之一。

七十多歲的人，每天駕著碰碰響的三輪爬山車，在關刀山、景山和南片山的產業道路來來去去，採收竹筍、蜂蜜和木瓜。不去台北和他開日本料理店的兒子同住，寧願和潘阿嬤守在下竹圍老茨。

他一身結實的古銅肌膚，白髮蒼蒼的小平頭，精神特好。

他不是啞巴，只是不愛說話。

潘有溪老伯的脖頸到胸部間，掛一條一掌大小的紗布圍兜，像幼嬰收涎的小圍兜，只不過這圍兜在他健壯寬闊的胸前，比例不對，有點滑稽。

鯉魚長谷的人，多半知道那面紗布圍兜底下的祕密，我們笑不出來，反而害怕。

潘有溪老伯講話得用道具，嘴裡含不鏽鋼菸斗似的助音器，助音器另一頭的圓盤壓貼在紗布圍兜正中。他的喉嚨有個露天開口，怕風沙、昆蟲和細菌侵入，所以蓋個紗布圍兜。

說是青壯年時，罹患喉癌，開刀切除留下的後遺傷口。

我們鯉魚長谷的人都曉得，潘有溪老伯曾是台灣鐵路局最年輕的觀光號列車司機，那是五十年前的事。他駕駛最高級的觀光號客運列車經過鯉魚長谷，必定在景山鐵橋上拉三聲長笛，表示「轉來囉！」「正來聊，」或「食飽未？」

那三聲長笛的意思，不下三十種，有人還聽出了「收會錢」和「看大戲」或「有燒香」，反正，當年潘有溪是我們鯉魚長谷的驕傲，是客家鄉親的驕傲，也是巴則海族親的驕傲，當然也是鯉魚村基督長老教會教友們的驕傲。這樣的觀光號客運列車司機休假回鄉的氣派，有一點想像力的人都能想見他走路有風的模樣。

一個突來的疾病，一場難堪的手術，他失去自然的嗓音，多一支累贅的不鏽鋼助音器和一件滑稽的紗布圍兜，他失去了威風的工作，多了一部比一般鐵牛車還小的三輪爬山車和滿山砰砰的車聲。

潘有溪老伯不常講話，但時常微笑，他不願跟牧師唱詩和禱告，卻熱心服務。

柳景元寄宿主日學宿舍，對潘有溪老伯的熱心和純良手藝觀察最多，也學習最多，「修桌椅、釘譜架、換玻璃、打水泥、貼瓷磚、清馬桶、修冰箱或保養瓦斯爐，他一個人就搞定。想聽啞子伯講話，簡單，問他火車或鐵軌有關的事，保證你聽到說再見。」

「聽到說再見」啥意思，是受不了想脫逃，還是欲罷不能的懷念？

柳景元向來私下稱呼潘有溪老伯叫啞子伯。說是啞子伯在教堂做義務事工時同意他這麼叫的：「啞子伯的鐵道故事很有趣，特別是老山線各隧道和鐵橋的故事。他說景山隧道內的故事更多，隧道內還有一條隧道，從前日本人開鑿的。火車旅客的故事更是說不完，可惜，沒人邀請他說。翔哥，你最喜歡聽故事，怎不請他說？」

看啞子伯拿出不鏽鋼菸斗似的助音器，看他將小圓盤蓋在喉頭的紗布圍兜上，我總嚇得猛吞口水，僵得手腳沒處放。啞子伯和氣慈祥，可我只敢和他簡單交談，聽他簡單交代，眞怕看見那塊紗布圍兜裡面的肉窟窿，總以爲那深深的窟窿會探出什麼想不到的內臟器官。

我又有太多恐怖假設了。

⊙歡喜離婚的薈姊大採購

柳景元退離醫院前一天，啞子伯駕駛他的碰碰爬山車，到校門口接我，同來的還有夢幻俠薈姊。

三輪碰碰車只有大手把的駕駛座，以及兩張榻榻米大的載貨平台，我和夢幻俠薈姊坐在載貨平台掌寬的平台護欄兩側，也就是啞子伯左右兩後側。

這是我第一次搭啞子伯公的爬山車，車聲很大，震動很強，視野寬廣、通風良好，甚至可說有點八面威風的氣勢。

薈姊在柳景元摔傷那天了了台北，直到這天才回來，聽到牧師娘轉述的消息，徐牧師帶野饅頭老馬到豐原醫院，於是請啞子伯開這部爬山車偕我同去探望柳景元。

巧克力完顏茲昨天到學校傳達室找我，她一個人在熱烘烘的大中午跑來，說爸媽不方便再去醫院，也不希望她再去教會，能不到鯉魚長谷最好。

完顏茲問我怎麼辦？

我不知。

完顏茲氣得一臉紅，大眼睛翻看我，我眞的不知怎麼辦呀！她及肩的長髮綁一束馬尾巴，一襲湖綠綴白花的連身洋裝，我穿一身卡其布學生服，在她面前，還眞像被新老師教訓的學生。

我們班那些沒見識的鄉巴佬同學，聽說有小姐來辦我會客，居然一隊隊從校門走過，整整齊齊的行注目禮，最沒水準的還叫說：「哦，班長會客——」

我不懂完顏茲氣啥？

說兩句，她氣嘟嘟掉頭就走。走向相思林的市廛居。

一星期不見的薈姊，容光煥發，坐在威風八面的碰碰鐵牛車上，格外有趣。

她去台北的日本在台協會，和她的日本老公辦離婚手續，「辦得順利圓滿，佐藤先生不愧是明理的精神科大夫，也是有情義的男子漢，他專程從東京到台北辦理手續，眞令人感動。佐藤先生答應將健一交給我扶養，每年給我們母子四百萬日圓的生活費，直到健一滿二十歲。佐藤先生的信任、諒解和他翩翩風度的英俊瀟灑，同樣令人欣賞。我們之間的愛情，在不合的個性面前，有了這樣莫可奈何的結局，眞令人悲傷。幸好，我們都是明理的人，健一若在下個月中旬，由專業保母送來台北，我接他到鯉魚村這美麗的山鄉生活，他在母愛的照顧下，還有你們這些可愛的大哥哥保護下，健一將會有個健康成長的童年。」

薈姊越說越開心，居然在砰砰響的爬山車上唱起日本童謠〈櫻花〉，歌聲之大，從我們身旁擦身而過的車輛也能聽得淸楚，說不定我們路過的后里馬場的馬匹也聽見了，也許其中也有來自日本異國的駿馬，所以在〈櫻花〉的歌聲響起時，馬匹也回應了嘶鳴。

我們搭乘這種碰碰爬山車遠赴豐原醫院探望傷病，已夠醒目，夢幻俠辦妥離婚手續，有啥値得開心?離婚總是離婚，再「圓滿順利」，也是一拍兩散，她在車上唱歌，唱得我們彷彿是民意代表的競選宣傳車或超級市場大減價的廣告車。

啞子伯駕駛爬山車，不便拿他的菸斗型助音器表示意見，也許他認為夢幻俠薈姊該多說一點，吐氣抒悶也好，遭遇分擔也好，只要肯將心聲吐露都是健康的，所以任她暢談。

我覺得她說得太響亮，覺得她身爲雙料博士的日常表現，有點不妥，可她不這麼放聲說、開心唱，碰碰車聲這麼響亮，我哪聽得清，她哪能充分表達心情呢？

那就繼續說吧。

「我順便在台北各大百貨公司買了健一的大象雙層床、浴缸、衣櫃、四季穿的衣服、玩具、腳踏車、溜冰鞋、書包、文具和童話故事、三輪車，還有我自己的衣服和日常用品；我娘家媽媽陪我去採購，我們買得好開心。台北的百貨公司一點也不輸給東京，服務又好，過兩天會把我買的所有東西送到教會來。」

我不知夢幻俠薈姊這麼闊綽富有，她一次買那麼多東西，好像不花錢似的，她是個慷慨大方的人嗎？

我想到在我們學校教書教一輩子的地理林老師說過：「有人笑我們客家人是節儉小氣的東方猶太人，尤其像我們這種鄉巴佬的客家人，又鹹又澀，支出五毛錢也斤斤計較。坦白說，我看過很多自以爲慷慨大方的人，他們的慷慨不是只用在自己吃喝穿戴嗎？他們的大方還不是用在自身的衣食住行？對於自己以外的人，他們比誰都計較。客家人的節儉是對待自己苛刻，我們的小氣是儉省自己，但對自己以外的人，該用該花的，還是大方又漂亮的。」

不知夢幻俠薈姊這種大手筆的用錢法，也只用在自己身上嗎？一輛淺紫色的轎車追上我們威風八面的碰碰爬山車，搖下車窗靠近，又緩緩前行，在馬路邊停下。

我當然認得這部車，只沒想到，她們會在我穿著土里呱嘰的卡其制服坐在碰碰爬山車時出現。

完顏媽和巧克力阿茲下車，在路旁招呼我們。他們母女倆笑盈盈站立的姿勢好看，完顏茲叫喚我的聲音，若我不嫌肉麻，還眞好聽：「翔哥－翔哥－我來了，總算追上你了。」

我說過我沒答應她這樣喊我，不是我的名字多稀罕，而是她叫喊的腔調太甜、太煽動了，有人笑我，我怎麼解釋？

更爆笑的是啞子伯，他停下車，掏出不鏽鋼菸斗型助音器含在嘴裡、壓在喉頭的紗布圍兜上，說：「沒見過的兩個黑美人，好比仙女下凡哪。」

兩車人馬相逢，氣氛歡愉驚喜。夢幻俠薈姊的長相也算個中年資深美女，她及肩長髮、繫綁的馬尾巴，和巧克力阿茲還一模樣，難怪她們一見面就親切熱絡。沒人邀請阿茲到我們碰碰車上來，她彷彿千里認親的女孩，追到我的蹤影，歡喜莫名，伸手想上車，薔姊一把就將她拉上，還說：「你總算追上我們阿翔牯，那就別再喘吁吁。」

阿茲難道放了她母親的轎車不坐，要改搭我們的碰碰爬山車逛大街？碰碰車就這麼大一點，所以我說：「巧克力上車，我們的車就不平衡了。」我將柳景元送我的第二頂黑呢帽壓低。

薔姊睜亮眼睛，問說：「你叫巧克力呀？我們阿翔牯都叫你巧克力呀？」我也不知少了哪根筋，一著急，居然這麼叫她，實在太丟臉了。

「對，我是巧克力，黑黑甜甜的巧克力，我喜歡翔哥叫我巧克力，他都不肯的。」

「好吧，巧克力坐在我的車位，和阿翔一人一邊，就平衡了。我去你母親車子坐，行嗎？」薔姊隨即跳下碰碰車。

完顏小媽熱情招呼薔姊：「歡迎，請上車。你們年輕人要坐好哦，」她還交代我：「范翔，阿茲就交給你照顧了。」

薈姊說：「巧克力好不容易追上阿翔牯，阿翔牯當然要好好照顧她。」

她們越說越離譜，我再說任何一句話，都可以被她們扯得不像話，只好不說。

完顏小媽和阿茲怎麼追蹤到我的行動。

完顏家人和徐牧師大姊有段恩怨情仇，徐牧師好像也很投入，現在，完顏小媽和阿茲去醫院看柳景元，若再遇見徐牧師，好嗎？我問完顏茲怎麼辦？

她居然又說：「要是我知，昨天何必問你。」

既然誰也不知怎麼辦，她幹嘛又來捅漏子呢？

完顏茲又氣得一臉紅：「誰叫你跑來了，我們只好跟來呀。」

這是啥道理，我聽得迷糊。

⊙寶島歌王的野台獻唱

啞子伯的碰碰爬山車，聽聲音很有力，據說載重和爬坡力都不輸他年輕時駕駛的觀光號列車，特別是在爬老山線鐵道勝興段時，一點也不遜色。

但這輛碰碰爬山車的車速，比我和柳景元平常的腳踏車速實在快不了多少，它視野好、通風佳的逛大街，眞引人注目。完顏小嫣不方便和夢幻俠薈姊先去豐原醫院，眞的不方便，只好敞開車窗，跟隨在爬山車後，緩緩前進。

薈姊和完顏小嫣的年紀相仿，她們初見面，似乎也談得來，紫色轎車內不時有談笑聲。完茲說：「翔哥，你怎麼都不說話？這是我生平第一次坐這種車，好有紀念性哦，尤其是和翔哥同坐，我一定會永遠記得。」

「就算車禍也不會忘記？」

「翔哥，你怎麼這麼壞？我好不容易才想起，從鯉魚長谷的上山下開始想起，從你開始記起，你還笑我。」

一般汽車顏色，多半是白色、黑色、灰色和瑪瑙紅，很少看過淡紫色這浪漫色，我們的碰碰爬山車跟一部淡紫車，活像載喜餅的迎親隊伍或出街遊行的某一路神明，再讓完顏茲和我沿途抬槓下去，更像廣播劇，所以我問啞子伯：「從后里去豐原，有沒便道捷徑，人車少一點，時間短一點，免得去到醫院，都天黑了。」

「這我最清楚，那些小路樹影多，涼快，人車少，空氣好。」啞子伯的爬山車，天天在山中小徑往來，他可能也習慣走這種便道，隨即將爬山車轉進小路。

我們鑽進了甘蔗森林，鑽進白甘蔗密生的海洋。

這裡怎麼認路呀？我推開黑呢帽沿，張望。

轍溝半個輪胎深的泥路，在森林中蜿蜒曲折，高過我們頭頂的蔗葉，如浪花拂動，我們砰砰前進，恰似遊艇、潛水艇又像勇闖蠻荒的吉普車，這片甘蔗田，不論是森林或海洋，都令人迷惑和畏怯。

完顏茲卻笑得開懷。

她肯定徹底忘了我們的主要目的是去探望柳景元、去陪他講話，去安慰傷痕累累的他。

完顏茲以爲我們來探險，來迷宮遊戲嗎？

我不想問她笑個啥勁，不想同她回應，免得她更無厘頭。她叫喚「翔哥、翔哥——」我不搭理，裝作沒聽見。

她開懷的笑，居然和薈姊提到她去台北辦離婚手續，又買一卡車佐藤健一的用品，那種不尋常的笑，竟有幾分相似。她們也許釋放了某種束縛、找到某個新天地或期待某種新生活，爲此高興，但我總感到不安，感到她們不合情理的躁動。這陣子，我遇到的漂泊者馬各、夢幻俠薈姊、巧克力阿茲、啞子伯還有哈士奇唐璜、波斯貓米莉，連同我和柳景元，從各路來相聚，似乎有啥事故要引發，這也令人期待又感到不安。

白甘蔗森林中，有陣陣歌聲，是優美的男聲，不陌生的多情歌聲。誰的興致這樣好，帶來收音機播放情歌？

聽著，我想起來，這不就是寶島歌王洪一峰的〈舊情綿綿〉嗎？洪一峰是我媽的偶像，媽最喜歡他唱的歌，而且是所有他主唱的歌都喜歡。媽說過，年輕的少女時代，曾在蔗糖公司工作，一群女工都是洪一峰的歌迷，在甘蔗園最常唱的歌，都是洪一峰的主唱曲。蔗園少女界最大的夢想，就是能見到他本人，親眼看一看偶像洪一峰的風采。

可這機會多難？偶像總像遙掛天邊的星星，可望不可即。

我們的碰碰爬山車和紫色轎車轉出白甘蔗森林，來到一個村莊，被甘蔗林包圍的庄頭。庄頭一棵茄苳老樹，樹旁的伯公廟前坐了六排人，洪一峰的歌聲就從這裡傳出來。

是鄉野村莊常見的健康食品宣傳車帶來的歌舞表演，他們常在庄頭廟口排幾十張塑膠高椅，到村莊招徠老弱婦孺就座，只要有始有終聽完他們兩小時廣告宣傳的人，便有牙膏、臉盆、牙刷或小板凳可領。

這些來路不明的健康食品宣傳隊，開一部披綵掛帶的小貨車，無所不去的在村落庄頭出沒，他們提供歌舞休閒娛樂，推銷些「有病治病，無病強身」的深海魚油、靈芝丹、奈米黃金水、有機巴西蘑菇、天然花粉、有機蜂王乳膠囊、印度神油、五穀酵素、石蓮花精油、清肝解毒長生丸、排毒養生粉或少林瘦痛膏。生意好壞，要看主持人帶動購買氣氛的功力而定，我阿叔曾去上山下伯公廟湊幾次熱鬧，帶回幾張塑膠小板凳和小臉盆，他特別聲明「那些東西貴得要命，騙死人不償命」，後來卻也買了半打深海魚油和花粉回家供奉，沒敢吃又捨不得扔掉，可見這些流動宣傳車主持人，特殊口才有多好。

我們路過的這老茄苳伯公廟口，那小貨車張掛的紅色布條，居然寫著「寶島歌王洪一峰演唱會」。

一位穿尼龍花襯衫的白髮老人，正在演唱洪一峰的成名曲〈舊情綿綿〉，精疲蒼老的人，演唱這麼深情的歌曲，而且發出和偶像歌王洪一峰完全一樣的優美歌聲，在這樣偏僻的野台，在不超過三十個觀眾的廟口，眞有說不出的浪漫和悲涼。

要是讓柳景元看到這情景，憑他愛唱歌、多情又有文采的性子，感觸肯定更深。

一言說出就要放乎忘記哩
舊情綿綿暝日恰想也是你
明知你是楊花水性
因何偏偏對你鍾情
啊……不想你　不想你　不想你
怎樣我又擱想起
昔日談戀的港邊

青春夢斷你我已經是無望

舊情綿綿心內只想你一人
明知你是有刺野花
因何怎樣我不反悔
啊……不想你　不想你　不想你
怎樣我又每晚夢
彼日談情的樓窗

男子立誓甘願看破來避走
舊情綿綿猶原對你情意厚
明知你是輕薄無情
因何偏偏爲你犧牲
啊……不想你　不想你　不想你
怎樣我又擱想起
昔日談戀的港邊

〈舊情綿綿〉作詞：葉俊麟　作曲：洪一峰）

啞子伯被這老人的歌聲迷住，挺身站立在駕駛座，含他的助音器，嗡嗡說：「阿嬤也喂，是歌王洪一峰本人來演唱啦！」

眞的是歌王洪一峰嗎？

就算他遲到三十年，才來這甘蔗村落答謝昔日的少女歌迷，也不必跟著健康食品藥品宣傳車來吧？

就算那些昔日的少女歌迷已老，他的巡迴演唱會也不該只有二三十個老弱婦孺聽衆吧？

難道偶像歌王也有被遺忘的一天？

昔日的少女歌迷們各自婚嫁遠離，這甘蔗村落也失去歌王的記憶嗎？

我站立在爬山車護欄上，巧克力阿茲緊緊拉住我的褲腰皮帶：「翔哥，別再摔了。」

來人眞的是我媽的偶像洪一峰，我更該代她鼓掌捧場，代我媽點唱她最愛的〈蝶戀花〉和〈思慕的人〉，這兩首歌都是歌王洪一峰的創作曲和原主唱歌曲。儘管歌王風靡的光彩不再，儘管我媽的聽力已背，我仍大叫：「歌王請唱〈蝶戀花〉和〈思慕的人〉。」我還叫巧克力鼓掌，跟我叫喊，啞子伯也喊叫。在淡紫色轎車內的完顏小媽和薔姊，肯定是受我熱情感染，也拍手鼓譟。

白髮蒼蒼的歌王，有一對眼袋下垂的雙眸，整齊潔白得失真的假牙和皺紋滿布的脖子，他的尼龍花襯衫太寬鬆而下墜，因而，人的神采也缺少昂揚飄逸，特別是站在老茄苳根莖隆起的凹凸泥地上。

他看我們如此大力捧場，還能點唱他在四十年前的成名曲，似乎很受感動，他手握麥克風，向我們握手致意。最洩氣的是那些沒見識的不入流觀衆，一心只想領紀念品的老弱婦孺，居然有人抱怨：「莫鬧啦，給他唱一唱就好，點啥歌！」

歌王已老，風采不再，但歌聲與魅力不減，他深情款款唱來：

我心內思慕的人　你怎樣離開　阮的身邊
叫我爲著你　暝日心稀微　深深思慕你

心愛的　緊返來　緊返來阮身邊

有看見思慕的人　恬在阮夢中　難分難離

引我對著你　更加心綿綿　茫茫過日子

心愛的　緊返來　緊返來阮身邊

好親像思慕的人　優美的歌聲　擾亂阮耳

當我想著你　溫柔好情意　聲聲叫著你

心愛的　緊返來　緊返來阮身邊

（〈思慕的人〉作詞：葉俊麟　作曲：洪一峰）

廟口的老茄苳樹，樹身粗壯蒼古，但枝葉茂盛、生機盎然，樹冠像一頂超大篷遮，遮掩伯公廟的黃色琉璃瓦，加了一層青綠的光彩，還有灑金似的小光圈。

傍樹而建的伯公廟，向來都不宏偉高大，可也向來被清掃整理得淨肅而喜氣，特別是門楣的八仙彩，金絲燦爛，熱鬧鮮麗，再讓台灣西海岸的夕陽斜照，總有舞台的輝煌。

跟隨健康食品宣傳車四處走的過氣歌手，一旦莊重獻藝，在不足的中氣放入青春的戀情，在灰茫的眼神裡重新投照綺麗的愛慕，在我看來仍是華麗的，仍有當紅的尊貴。

不知我媽看到少女時代的偶像歌王，在這般情景現身，能否接受？

完顏小媽和完顏茲不認識寶島歌王洪一峰，但看我和薈姊還有啞子伯用力鼓掌，她們站到碰碰爬山車來，我們像在歌劇院包廂的特別觀眾，表現得風度絕佳，禮貌周到。

歌王笑了。

我摘下黑尼帽，向年華老去的偶像歌王致意。

⊙鯉魚噴水池的小黃鞋

柳景元撐兩支枴杖，在五樓電梯上等候，他坐在靠牆的一排休閒椅正中，左邊是一大盤白鼓鼓的山東大饅頭，右邊是一盤黑不隆咚的甜麵醬和一大把蒜白，這陣仗，像某一路吃敗仗的小兵，又像接受山寨王犒賞的負傷小嘍嘍，既莊嚴又落魄。

反正，看來滑稽又可憐，和柳景元自我感覺良好的形象有一大段距離。他肯犧牲形象，在人來人往的電梯口展示，可想他寂寞等候的焦急。

果不然，他說：「兩小時前就得到通報，說你們已出發，就算坐牛車也早該到了。」

牧師娘撥電話到醫院，柳景元早知誰誰要來。

徐牧師知來人有完顏小媽和阿茲，匆匆又載雜貨店山東老馬轉回鯉魚村。完顏小媽知徐牧師在醫院照顧柳景元，早也打定主意留在停車場，不上五樓碰面。

我躲你，你躲她，弄得柳景元白在電梯口苦等。

完顏大媽是徐牧師的大姊，完顏小媽的感情介入，破壞了大媽和完顏先生的婚姻，這都是事實，但完顏大媽畢竟養育過巧克力阿茲五年，幫她取了這麼香甜小名，還讓阿茲叫喚徐牧師小舅。

大人一翻臉，怎就一切都不算數了？

修道人的徐牧師怎也這麼深沉的介入這樁恩怨情仇，他這樣冷漠鄙夷的態度，有助這樁恩怨的弭平乃至復合嗎？

柳景元何辜？

巧克力阿茲何辜？

我們這些興沖沖來探病的人又何辜？

柳景元提議下樓，到鯉魚噴泉的水池畔野餐。

夢幻俠薔姊一口答應，「放完顏太太一個人在停車場，沒道理，其實，她不上樓也沒道理，我的老同學的表現，更沒道理，讓我們班導吳牧師知道，他的駐堂牧師都要不保。」

我們不知怎麼接腔。我端一盤六粒的大饅頭，阿茲捧黑不嚨咚的甜麵醬和蒜白，啞子伯保護落難的雙杖俠客柳景元，在電梯口被個年輕人擋住。他喘吁吁，一臉驚慌卻又苦笑：「我兒子不見了，三歲小男孩。我太太剛生產，母女都平安。他在我簽字時一轉身就不見。我在七樓產房，拜託你們多留意。」

薈姊比他還焦急，「叫啥名？知道自己的名字嗎？我們先去服務台廣播，順便交代大門警衛。你別急，只要他不跑出去，很快會找到。」又交代我們，「你們先去噴水池等我，回頭見，留意有沒迷失的小孩。」

柳景元傷口的縫線都拆了，醫師要他動作放慢、放輕，免得又皮開肉綻，其他的骨頭挫傷和幾十處擦傷，大致復元，今晚若沒發燒，明天就可以出院。

我們跟他到樓下，又踱到廣場右草坪的鯉魚噴泉水池。

晚風吹來，把鯉魚的噴泉吹向一邊，池畔的圓形池垣淋溼了半邊，我們只能在迎風的池垣擺桌。

雜貨店的山東老馬，總把熱饅頭喊成野饅頭，這一回，野饅頭放涼了，一把蒜白給醫院內有藥水味的冷氣吹得乾疲，那黑不隆咚的甜麵醬還保持原味嗎？

要是山東老馬在，他肯定要示範他的老鄉吃法，並以各種手段迫使我們同他享用。現在，他不在場，我們究竟是餓肚子不吃，還是自創吃法，勉強品嘗？

我聽見陣陣細微哭聲，從不知何處傳來。

噴泉水花落在池裡，嘩嘩響不停，環繞醫院的大王椰子樹，給晚風吹得沙沙響。或許是小孩的哭泣，不眞確。

反正，夢幻俠薈姊還沒到，我們去停車場請完顏小媽過來聚會。巧克力阿茲不知又扭了哪根筋，非要我去停車場不可，天光還亮著，水池到停車場只這麼點路，幹麼一定要我陪？

柳景元瞎起鬨，直說「翔哥去吧！」啞子伯也來湊熱鬧，他說得更沒頭尾，「阿翔牯，小姐提出的要求，儘量要同意，這是客家後生的美好傳統，你懂嗎？」

啞子伯是有客家血統的平埔族巴則海人後裔，他懂得還眞多，也不顧他說話得用獨門祕器的不便。

我只好跟阿茲走去停車場：「你聽見小孩的哭聲嗎？」

「沒聽見。」阿茲雙手背後，腳步輕俏，馬尾巴的髮梢一彈一跳，神情輕鬆，語調更歡快：「我爸是貿易商，但他說自己是個儒商，喜歡讀詩，也愛寫文章。我車禍以後，他比較常陪我，有時也唸詩給我和媽聽：滿目山河空念遠，落花風雨更傷春，不如憐取眼前人。翔哥聽過這首詩嗎？明白它的意思嗎？我跟你說重點，就是後面那三個字。」

「什麼最後三個字？」我看見完顏小媽從停車場方向走來了，又聽見背後有柳景元的叫聲：「翔哥！翔哥——快回來。」他高舉枴杖高呼。

「我講話你有沒專心聽？柳景元最討厭了，叫啥叫。」

啞子伯牽個淚漣漣的小男孩，小男孩看到我，竟抱著我的腿，說：「大哥哥。哥哥在水裡，他的鞋掉了。」

柳景元說：「他躲在椰子樹後哭，哭好久的樣子，也說不清楚。」

鯉魚噴泉水花落在池面，果然有一雙小鞋漂來漂去。

「是哥哥的鞋嗎？」我問小男孩，他用力點頭，又哭起來。

天啊！有小孩掉進水池，是小男孩的哥哥掉下去了。

柳景元反應快，他拿起枴杖探測池水，才半根枴杖深。他將一支枴杖給我，一支交給啞子伯，說：「你們下去撈！」他自己更神勇，居然站上水池池垣偵看水中動靜，不怕再摔一次。

我一把將黃底滾藍邊的小球鞋撈起。水花落在池面，看不清楚，池裡，池底似乎有青苔或淤泥，滑溜得很，水池不深，但誰若滑倒，嗆水或撞到頭，恐怕都有掙扎不起的麻煩。

小男孩看我撈到小鞋，叫說：「哥哥的鞋，哥哥的鞋！」

小男孩他哥哥掉在水池多久？我一到池畔便聽到他的哭聲，這一耽擱，至少都過五分鐘。都是阿茲！找我陪她去停車場，要不，我不早發現水池有人溺水嗎？

我和啞子伯在噴泉水池內搜索了一圈，沒任何發現，全身倒淋了溼透。我喊高站池垣的柳景元：「看到啥？趕快說呀！」

柳景元繞池垣走，努力察看，居然聳肩。

小男孩的小哥會沉在水池底嗎？

夕陽又移動角度，噴泉水花落在池面，漾起千萬個漣漪，水波來不及擴散，又被亮晶晶的水珠追上，於是池面的水波和水晶交錯成一片燦光，璀燦得讓人睜不開眼，亮得讓我和啞子伯宛若銅人。

「翔哥，潛水，潛到池裡找。」

柳景元一叫嚷，我吸大口氣，閉氣，潛泳入水。我在景山鐵橋下的景山溪河灣，玩得最痛快的就是潛水閉氣，我一潛九十秒的記錄，到現在還沒人打破。

噴泉水池的池水青綠渾濁，我像一條魚，一條有著懶主人的魚，在髒兮兮的魚缸裡，看不到四周景物，望不見天的雲彩，只能無奈游動，只能毫無希望和樂趣的和池底青苔擦身而過。

我想，小男孩的哥哥若不幸沈溺在這樣的骯髒池水，眞是倒楣透頂；他落進去的水，也實在太可怕了。

「找到了！找到了！阿雄牯，你怎麼跑來這裡？」

我從水池鑽出，聽見有人這樣叫嚷。我看見在電梯口找小孩的年輕男人，抱著剛才哭得悽慘的小男孩，在他臉頰胡抹亂親，自己則又哭又笑的不尋常表情。

小男孩高舉那雙黃底滾藍邊的小鞋，直獻寶，說：「哥哥的鞋，哥哥的鞋。」

高高站在池垣的柳景元問說：「他還有一個哥哥嗎？」

「沒有了，他現在多個妹妹了。這陣子，我們教他『阿雄牯要當哥哥了，』他說哥哥的鞋，就是他自己的鞋。他從小老愛把鞋往水桶、水池丟，阿雄牯，壞習慣！」年輕爸爸罵他，卻抱得更緊，又在他臉頰和額頭胡抹亂親，癢得阿雄牯直笑：「阿雄牯不乖，亂跑。對了，你們有東西掉進水池嗎？要不要我幫忙找？」

我一身擅腥的池水味，站在池裡，像啥？苦笑吧，柳景元說得好：「翔哥，給鯉魚噴泉噴個乾淨再上來吧，泉水涼吧？」又對那年輕爸爸說：「阿雄牯該打屁股，對不對？」

我大聲說：「對！」

夢幻俠薈姊、完顏小嫣和巧克力阿茲都笑了。阿茲還罵我：「他迷路還不可憐嗎？翔哥和柳景元都壞心腸。我還要請阿雄牯吃個大饅頭，他媽媽剛生了小妹妹，他當哥哥了。哥哥要照顧妹妹哦，阿雄牯。」

實在太不好笑了，哎。我在這場慌亂鬧劇裡，遺失了柳景元送我的第二頂鴨舌尼帽，想不起它遺落在何處。

第十二章　秋　列車啓動的好季節

魚藤號列車在景山隧道口緩緩停下。

距離隧道口的鐵橋還有十公尺。我跳下列車，深吸一口大氣，淸淸喉嚨，吞嚥口水，將纏捲在木棍的紅丹三角旗甩抖開來。

啞子伯公在魚藤號列車駕駛座探出半身，喊我：「阿翔牯！記得該怎麼指揮吧？簡單兩句，莫喊錯了。」

我怎會喊錯？

後方信號正常！

前方信號正常！

出發！

現在是十一月的秋天，我最喜歡的季節。

從早到晚，都是乾爽的風。乾爽的風裡有我們鯉魚長谷稻穀收割的香味，風裡有景山溪畔最後一叢水薑花的香甜，風裡有百年伯公廟的檀香，風裡有山東野饅頭掀開蒸籠的麵香，現在，還有我們合力整裝出土的百年老火車，魚藤號列車乾爽的柴油氣味。

我多麼希望柳景元能趕上這場盛會。

我最明白柳景元趕湊熱鬧的興頭，他總是開心，他總是人來瘋，特別是這列豪華又神秘的座車，只搭載過日本裕仁天皇和他的皇親國戚，還有避難到台灣的中國國民政府蔣介石總統和他的兒孫、保鑣。我們這第三批乘客，徹頭徹尾的一般民眾，乃至鄉巴佬，也因此特別稀罕，特別難得。

我猜得沒錯，柳景元對魚藤號列車長的職位，興趣絕不少，別人推推拖拖，他反過來恐怕還極力爭取擔任呢。

這輛在一九〇四年打造的沙龍四一〇二豪華列車，讓八十二歲的啞子伯公再次駕駛，十五歲的我當信號管制員，搭載我阿叔和老媽、夢幻俠蕙姊和她飼養的哈士奇唐璜和波斯貓米莉、阿叔的老朋友芒果樹殺手長海伯、野饅頭的山東老馬、都會淑女朱老師、巧克力阿茲和她的女眞族完顏爸媽，還有牧師夫婦。

我多麼希望柳景元和漂泊者馬各也在列車上。

有他們在場，魚藤號列車肯定更有氣質，更有深度，說不定也有更幽默的熱鬧。不見的人，失去音訊的人，才教我們懷念，才讓我們想起他種種的好嗎？

我對柳景元和漂泊者馬各，不是這樣。他們和我同在一起時，我便發現他們許多可敬可愛的性格和作爲；我發誓這不是馬後炮，只是我沒說出來而已。哎，我總是這樣呑呑吐吐，辭不達意，想說的話，該表達的心意，常想得太多而說不出口，常因過度含蓄沒適時傳達。

十一月的晨光，潔亮明朗，以斜側移動的角度，照射進景山隧道口，讓我們整修擦拭如新的沙龍四一〇二——魚藤號列車，輝映神采，像一身打理得考究而清爽、端莊且優雅的老先生，隱居多年，又將出門會客，兒孫們爲他高興，又有一些些憂慮、擔心他能否行走得順當，能否中氣飽足的穿越景山隧道、鐵橋和陡長的坡路。

誰最有資格擔任魚藤號列車長？

八十二歲的啞子伯公曾是沙龍四一〇二列車的司機，也是改裝後的魚藤號列車再次啓動的幕後功臣，他戴起那頂半世紀歷史的墨藍色大盤帽，就是現成的資深列車長。

女眞族後裔的完顏先生，財力雄厚又熱心，在沙龍四一〇二列車修復爲魚藤號列車的過程，他幫忙在網路蒐尋許多有價値的資料，還提供三十萬元買材料和供應點心，不知他對列車長的客串演出有沒有興趣？

我和夢幻俠薈姊終於敢再爬上景山鐵橋，敢再走進景山隧道，敢再面對埋藏多年的心痛，巧克力阿茲起鬨我們擔任魚藤號列車長。巧克力阿茲的興趣高，甜孜孜說：「翔哥，我覺得你好勇敢，絕對有資格當列車長，你當列車長，我就當你的助手，就算特別助理好了。」

我哪算啥勇敢，眞勇敢何必一件心事憋這麼多年，討折磨，再說，勇敢和當列車長也沒關係，也許巧克力阿茲想當助手過癮，才這麼慫恿我。

誰是魚藤號列車長？

附錄

諦視生命迴旋的歷程

傅林統（兒童文學作家）

有人說：生命如花籃、生命如樂章，而人生如夢如幻。縱然是花籃，也是百花爭豔的花籃，是樂章也是旋律悠揚，如浪如濤的樂章。如果是夢是幻，也是多彩多姿、甘甜苦辣俱呈的夢幻。

李潼的《魚藤號列車長》，展現的正是又真實又夢幻，有深邃的暗示、閃爍的象徵、悲劇的辛酸、喜劇的激昂，而深深感人的小說，同時又是用他一貫亮麗的詞藻親切的描述。讀它，果然是無與倫比的文學美感饗宴。

《魚藤號列車長》裡，有的是不同性格、不同風度、不同遭遇、不同性向、不同才智的人物，他們在奇妙卻也凡常的因緣裡相會相聚，彼此接納、彼此激發生命的火花。這些人物，他們的人生路程總是崎嶇不平如在千仞山路迴旋。

不過閱讀這部未完成的小說，只要從頭開始就能體悟當中人物的生活態度、個性、思想觀念，或說是作者的人性觀、價值觀、對土地對人類的關懷，諦視人物生命的迴旋歷程，就能在曲折離奇的情節裡，自然體悟故事發展的脈絡。

奇才柳景元和故事敘述者阿翔牯

柳景元是故事的主角，他開朗的個性、成熟的智慧、見義勇為的熱心和撲朔迷離的病情都令人關心好奇。他身世不凡，上海、台北、東莞都有家，卻選擇到小阿姨當牧師娘的鯉魚長谷來，於是結識了在地的阿翔牯——我。

我——阿翔牯，大柳景元三個月，但與景元迥然不同，保守、內斂，不擅表現，處處都由景元搶盡鋒頭，不過「我」卻是故事的最佳敘述者。讀者諸君只要緊跟著我阿翔牯進入故事的情境，加入趣味無窮、緊張刺激、高潮迭起的冒險活動就好了。因為這一路不斷出現的「新情境」、「新人物」，只要聽「我」

解說，你就能體會什麼是人生的新境、人性的幽冥和光輝了！

當列車要行駛時，擅長遊戲藝術的鬍子馬各、巴則海人、夢幻俠薈姊、薩克斯風阿茲、徐牧師、牧師娘等故事裡的重量級人物都登場了，可是主角柳景元卻來不及參加了！他到底怎樣了？雖然阿翔牯才要回溯故事一一敘說，但人物凸顯的造形、氛圍的釀造、心情描述已深深吸引了你，就像阿翔牯說的：「這些人和這些事，……唯一可以算得精確的是，我在告別少年生涯的尾聲時，有了最精采的一段人生。」的確很精采，精采到叫你一翻閱就欲罷不能，非一口氣讀完不可，而且是「紅著眼眶」讀完。

柳景元是跟阿翔心靈頻率最相近相通的朋友，而且那頻率也通向屬於心靈的世界。景元來到山村，融入山村，他那少年老成、坦率真誠、甚至旁若無人、驚天動地的才華和智慧、壯碩、帥氣，都給山村帶來了新氣象，他確是奇人。

阿翔最懷念的當然是跟這奇人相處的日子，就是後來他阿叔（其實是爸爸）避開嬰靈事件需要搬家時，在他心裡惦念的還是柳景元，阿叔與騙徒周旋的經緯多麼怪誕離奇，可是阿翔感到遺憾的就是柳景元沒看見這齣鬧劇。

阿翔跟景元相處時，還出現了一個神秘的漂泊者——眼光炯炯但神色和煦，處境詭異但不顯落魄，意圖不明但不見威脅。——是何方神聖？顯然是故事中重要人物。可惜作者來不及寫他扮演的整台戲。

阿翔牯一直在回憶中敘述景元的身影形象，寫病中的樂觀、豁達的生死觀，還有「苦中作樂、含淚的微笑」。阿翔說景元是個「不曾見他為自己的往事或切身近事流淚——倒常為旁人的不平委屈落淚——的人。」這樣可愛可敬的朋友離開阿翔了，阿翔怎不悲嘆質疑：「柳景元以向生命宣告的手勢，去某一地郊遊遠行。我想知道他去到哪裡？」

李潼就以阿翔在時空交錯中的回憶，一路描寫柳景元這故事的靈魂人物。

夢幻俠薈姊和柳景元的文學對談

阿翔和景元的日子裡，印象深刻的人物不少，其中「夢幻俠薈姊」是很特殊的。薈姊是教會的志工，徐牧師的神學院同學、東京帝大雙博士，愛貓愛狗，參加過運動公園的景觀設計。她的老公是日本精神科醫師，她是女權主義者，卻是來鯉魚長谷養病的，希望藉大自然單純的環境，緩解她的躁鬱症。

嗨？奇怪！薈姊怎會躁鬱？

不過薈姊遇見長海伯凌虐芒果樹，刺激它枯木逢春，迴光返照、奮力開花，趕緊結果的啟示，對她的「病情」似乎產生了撫慰的作用。於是景元說：「薈姊一定要多吃幾顆青芒果，因為這棵樹有個被凌虐苦毒的故事，它很有能量，能讓人堅強健康。」芒果和薈姊有相同的命運，產生了相似的能量吧！

翔牯認為薈姊的頻率和景元相比毫不遜色，就看他們到景山鐵橋野宴時的文學對談，如何迸發出亮眼的火光吧！

景元說：「讀書要讀得有感受、有感動、有想法、有思考，讀得出快樂的滋味最重要。」薈姊藉著波特萊爾的話對景元說：「靈感是堅持的毅力和精神上的熱情，一種使藝術心智保持警覺，呼之即來，卻不能揮之即去的能力，波特萊爾漸漸並不認同靈感的偶然和巧遇。」

這樣高度悟性的對談，顯示了他們高深莫測的涵養。景元甚至還曾經刺激過大都會淑女國文老師，使得她跟景元和阿翔「稱姊道弟」起來。不過景元和阿翔，還是十分敬慕薈姊，她的小提琴，那美妙的旋律，長髮飄逸的演奏姿態，真是風采迷人。

薈姊坎坷的身世也引人關注，她的父親是個夢想家、發明家，也是敗家。曾經因躲債避居山村，以「景山號快餐車」營業獲利，有了清還債務的盼望。但不幸的是薈姊卻在大鯉魚浮現的山溪，失去了妹妹茹，快餐車也在爸爸悽厲的哭聲中結束了營業。三十八歲的薈姊抱著小提琴再回到景山溪畔，那一再迴旋的回憶，以及跟景元的對談，叫人不能不深切的諦視「生命的意義和內涵」。

巧克力阿茲奇異的「失憶症」

阿茲是故事裡重要人物之一，她的出現使舞台的情境突然更新，雖然仍在鯉魚長谷，嶄新的背景、奇異的角色，富商完顏一家，尤其是失憶女孩阿茲，在在都讓人深感古怪！阿翔說他和完顏茲初見的情景，冥冥已為往後的遭遇做了型，注定在不斷的磨擦中成長，活該在閃現的甜蜜中失落。這樣的預告意味著兩人之間有很多故事，李潼未全部記載就擱筆了。

阿茲的確很玄，說她曾經見過阿翔，為往後的故事留下伏筆，於是探尋神秘情事的閱讀慾望又被激起。阿茲的「失憶症」隱藏許多故事的線索，耐人尋味。

整個故事的高潮，出現在阿翔和景元遇見完顏家後的一次慘案，那就是景元嚴重車禍，他騎的自行車被砂石車撞得稀爛，可是遍體鱗傷的景元關心的是阿翔和阿茲，他說：「翔哥，人要相聚除了有緣，把握感覺也很重要，你和阿茲的感覺很特別，記得我的話，不要輕易否定。」

然而阿翔著急的是如何把景元從死神手裡奪回，於是一場緊張而扣人心弦的營救活動開始了。葬儀社的荒唐行徑、景元的幽默，無視於死生，完顏媽媽的機敏勇氣，演出的是一齣精采的偵探冒險故事。

完顏茲的失憶症，忘了眼前卻記得從前，當他來到阿翔上山下的家，竟然一一的，正確的數說起從前的所見所聞，於是故事似乎逐漸往「圓合」的階段收尾。由於阿茲的回憶，阿翔尋回弟弟阿信的願望似乎有了線索。可是當阿茲使「案情」逐漸明白時，大人們的恩怨卻跟著浮上檯面，孩子們純潔的心境是否也會被扭曲？故事仍在離奇的氛圍中盤旋。

「幾條糾纏不清的情感之索和瓜葛不明的恩怨苦果——趁此來個總結也說不定。」果真如此，故事就有具體的結局。或許作者是這樣想著吧！只是來不及寫就離開人間了。

〈我去醫院噴水池潛水〉這一章出現的潘有溪老伯是很重要的人物，因為他是魚藤號列車的駕駛，可是作者還留下很多關於他的事讓讀者想像。

留給你想像的「大結局」

李潼把故事寫到第十二章〈秋　列車啟動的好季節〉時，開頭所提的人物、又一一被點名出場，景物也隨著浮現，顯然是在統整故事脈絡和人物，準備來個大高潮而嘎然結束。故事似乎近尾聲了，可是卻還有更重要的人物不在場，懸疑仍在、一些大人的心結未解，最後的浪濤未湧起，你想想！魚藤號列車長會是誰？還有不停的在故事裡穿梭的阿信牯，會回來嗎？巧克力阿茲和阿翔牯的情緣怎樣結局？魚藤號列車行駛前，撼人心靈的氛圍，怎樣風起雲湧？

《魚藤號列車長》一路波濤洶湧，一波比一波浪高風疾，可以料想在結尾還有一波最高潮，可是李潼來不及寫就離開我們了，我們任誰都無法也不可替代這文壇奇才補上結尾，而只能各自想像。不過這故事感人之深卻無庸置疑，因為李潼隨時把人物刻劃得栩栩如生，個性顯明、風度特別，怎樣的人會說什麼話？會做什麼事？雖出奇而合理，字字珠璣，深含哲理。而且李潼慣用的時空交錯，在此表現得更自然圓融易於理解，我們只要跟著李潼設定的「故事敘述者」兼「情境解說員」阿翔牯一路專心諦聽、深入體會，就能充分品賞李潼留給我們最後的神來之筆了。

天籟、密碼、繩結與印記

——誰是未來的魚藤號列車長？

許建崑（東海大學中文系副教授）

十六歲的孩子范翔，在苗栗三義廢棄的斷橋、山洞之間，得到村民幫助，聯結七台修復的板車。為了要模擬昔日火車通行勝景，他們不只裝飾板車，還在軌道沿線懸掛兩萬多顆東芝牌電燈泡，橋墩的枕木則垂吊了十八個秋千架。除柳景元、阿信牯以外，幾個老朋友和村子裡巴則海的族人都來參加燈火輝煌的通車大典。誰最適合當魚藤號列車長呢？是客家子弟范翔、女真族完顏後人阿茲、夢幻俠薈姊、漂泊者鬍子馬各、啞子伯潘有溪，還是不能到場的驚魂單車手柳景元？

誰最適合擔任魚藤號列車長

柳景元似乎得到作者李潼最多「關愛的眼神」。他周遊過吉隆坡、上海、東莞等地。離開停留上海的爸媽之後，選擇了三義牧師娘的小阿姨做為監護人。一個閩南小孩如何在客家與巴則海人混居的地方生活？如何贏得范翔母親的另眼相待？他博聞強記，能夠背誦張愛玲〈紅玫瑰與白玫瑰〉的文字，能夠述說波特萊爾晚年的創作理論，能夠與照本宣科的地理林老師辯論，能夠改變朱老師對鄉土文化的認知態度。連柳景元生病治療過程與寫詩、寫札記的習慣，似乎都是李潼自身的投射。當魚藤號列車緩緩開出景山隧道，他可是站在第一節板車呢！

阿茲小女孩的角色，也很吃重，她當副列車長好嗎？她是女真族後人完顏橫與泰國選美皇后的女兒，曾經被完顏橫的元配，所謂的大媽，撫養五年。因為親生母親來台，大媽試圖帶她來鯉魚村，交換范翔的弟弟范信，差點留下來當妹妹。阿茲後來遭遇車禍，失去記憶，她的父母選擇在此地相思林裡建造市廛居養病。完顏先生也可能在此發展了傲視國際的薩克斯風製造業，只可惜李潼沒有時間寫了。范信呢？范翔的母親已經失去四個幼子，迷信范信還是養不活，打算與人交換。哥哥不捨，把弟弟帶進山裡躲藏，卻眼睜睜的被人口販子搶走。命運注定如此，不可抗拒嗎？

在生命列車上誰都是主角

在列車上，還有薈姊、馬各、啞子伯公。

夢幻俠薈姊，三十七、八歲，是徐牧師淡水基督書院的同學，留學東京帝國大學。因為憂鬱症，認識了日本精神科佐藤醫師，日後成為她的先生。回國以後，工作壓力過大，舊疾復發，來到三義徐牧師的教會養病，在主日學擔任英文、日文的教學。她的父母曾經為了躲避債主，來到鯉魚長谷，經營快餐車生意，沒有時間照顧她們姊妹。妹妹阿茹溺死於景山溪，造成了薈姊永遠的傷痕。薈姊回到傷心地養病，有意面對過去的創痛，恍如日本宮澤賢治《銀河鐵道之夜》的喬邦尼，勇往直前，去追求真正的幸福。

漂泊者鬍子馬各呢？他是浮華城市的文化藝術工作者，莫名的原因，讓他身無分文，躲進景山隧道裡生活？他吹奏陶笛，或者唸誦巴爾札克的短詩，落腮鬍子鼓動著，真像飾演耶穌基督的角色。他怎麼那麼客氣，推舉阿翔當列車長？

啞子伯潘有溪呢？他七十來歲，曾經是台鐵最年輕的觀光號列車司機。突來的喉癌，讓他失去喉嚨和聲帶，頸子上卻挖了個洞，裝上助音器，蓋著紗布。他回到村子裡，當教會的長期義工，無論桌椅、粉刷、水電、瓦斯，都得他出馬不可。憑年齡、經驗，他當列車長，不是更恰當嗎？

好幾個觀禮的大人也走進鏡頭

好幾個觀禮的大人，也走進了鏡頭。長海伯，是個樹醫生，為了拯救芒果樹，他醫治的方法可真嚇人；難道人生重病，是否也應該用狂野恐怖的方法，才可以救治成功？

山東老馬，他是山村裡五十年來唯一的外省人，開間雜貨店，兼賣熱饅頭。因為混雜著鄉音叫賣，把「熱饅頭」喊做「野饅頭」，倒成了他獨特的招牌。他熱心公益，得到村民的信賴。還娶了當地姑娘，生三個壯丁，已經各自成家立業，事業有成。

范翔的爸爸，故事裡說他戲弄金光黨，卻因為怕被歹徒報復，或巫婆下了毒咒，趕緊神秘搬家到后里，以避免家人受傷害。小聰明、施詭計，卻又敬畏鬼神，這是李潼的遊戲之筆，卻也呈現傳統莊稼人的性格。范翔的媽媽慈祥能幹而認命，默默承受失去孩子的痛苦，依著年節包粽子、拜拜與祭祖。

徐牧師和牧師娘，他們主持教會，辦理鄉間教育，收容不屬教友的柳景元、薈姊，表現了神的僕人的寬宏大量。可是面對搶走姊姊丈夫的完顏小媽，火氣就上來。大人的恩怨情仇，看得開，看不開，都在玄妙的抉擇中，李潼也只能怨嘆無奈吧！被徐牧師拒絕的完顏先生呢？身為台商的一員，在孤獨的商旅中，醇酒美人的誘惑中，他心裡怎麼打算，我們不得而知。無辜的，恐怕是阿茲吧。至於柳景元的爸媽，可就懂得相提攜，他們保住了婚姻，卻沒有保住柳景元的健康。柳景元車禍住院的時候，來了台北的二叔、高雄的大伯、香港的三姨、吉隆坡的大姨、深圳的四姨媽，然而柳景元離開世間以後，他們要找什麼理由來相會呢？

生命的傷口誰來醫治

在《魚藤號列車》裡，李潼選擇了多組的家庭故事，平行、交叉或糾結，誰都是主角，誰也都是配角。這樣的書寫方式，不就是後現代作品的「拼貼、錯置與去中心化」的表現嗎？是否也同時暴露了現代社會緊張焦慮的症候群？

讀者可以在故事中發現層出不窮的社會事件：車禍、金光黨、農會搶案、巫術下蠱、嬰靈、靈車搶生意、祕密搬家、逃躲山林、人口販賣、外籍新娘、包二奶、不能生育的女人、滯留大陸做生意的父母、不稱職的老師、孤獨漫遊的少年、聯考壓力、飆車惹禍。

這不就是李潼書寫「台灣的兒女」系列的餘波嗎？在台灣，住著成千上萬充滿創作力、機動力及反省力的「兒女」之外，其實還有一些社會邊緣人，他們在貧窮、病痛與挫折中，獨自療傷。

從李潼的社會現象觀察，或者透過三義好友童慶祥述說的往事之外，還夾雜著李潼個人童年時代留存腦中的影像，有些破碎而孤立的事物、無名的情緒，以及飲食記憶，拼貼了火車、鐵橋、葫蘆墩、魚、黑呢帽、失去親人、迷失、孤獨、無助、平安粥、山賊鍋、福隆便當等等圖象；也寫出了生命中種種的病痛：癌症、意外傷害、外科手術、失憶症、躁鬱症。這些生命的傷口，誰來醫治呢？誰能醫治呢？

生命是艱難的，如果走過這樣的生活歷程，誰不會採取卑微、謹慎的態度，來面對生存挑戰、死亡危疑，以及敵人的威脅呢？

天籟、密碼、繩結與印記

請不要被李潼的死亡書寫給嚇著了。用歡欣快樂的心情來認識世界，培養健康而開朗的生活態度，是對的。只是對於生命的消失，以及不經意飛來的橫禍，不懂得逆來順受，就顯得童騃無知了。

天地之間，原來就有這些啟示。李潼引述夏瑞紅的大作，述說：「天地的訊息、文化的密碼、族親的繩結或朋友的印記，在漫漫時空相互傳遞，相互改變，散聚無常。」因緣到了，自然有了離合。

通過人間苦難與奇遇的描寫，李潼指出了人活著的價值。何者為永恆？為暫時？何者為親情？為友誼？在最後的時間裡，李潼寫下這本書，為生命的存有做了最忠誠的見證。

天地的訊息文化的密碼族親的繩結朋友的印記
在漫漫時空相互傳遞

魚藤號列車要開了

蘇麗春（台東大學兒文研究所碩士）

揮汗如雨的仲夏七月，承李潼夫人祝老師邀請，和李潼生前的至交童先生夫婦同行，探訪李潼遺作《魚藤號列車長》書中所描繪的景點，祝老師想拍些照片，而我則是在閱讀李潼書稿後，對書中所描述的場景充滿好奇與想像，趁著這難得的機緣，以一種崇敬和珍惜的心情，拜訪李潼生前來過無數次的地方，想像當時李潼的心情。

記得曾經試探著問李潼：「是不是要在有生之年把『噶瑪蘭三部曲』的第三部《南澳公主》寫出來，滿足我們這些死忠讀者的渴望？」李潼說：「那個我排在第三順位，我還有更重要的東西要寫。」又有一次他說：「我一直不敢寫長篇，怕寫到一半沒寫完，但我最近又動筆了，寫多少算多少。」

因此，在李潼遠行之前，我總是對這可能是最後的一本傑作，也是他認為最重要的作品感到好奇，而李潼口風相當緊，幾次欲言又止，隱約聽到他提過「列車長」，更增加我的好奇。然而這分好奇，在日後閱讀《魚藤號列車長》時，卻變為一串串的問號和一捶捶的心痛。

「李潼是用他的生命在寫這本書？」「書中的柳景元分明就是李潼？」「在景山鐵橋下盪秋千不會嚇破膽嗎？」「巴則海人、鯉魚村、長老教會、老山線、阿翔牯、阿信牯、老夥房、魚藤坪、關刀山、龍騰斷橋、景山隧道……？」

數不清的問號是我閱讀李潼作品以來最感吃力的一次，一頁頁熟悉的筆跡和故作輕鬆的筆調伴著我對李潼的懷念，行走在李潼小說中的場景，彷彿聽到魚藤號列車正拉響汽笛……

歷史的顏色——龍騰斷橋

■挺立溪谷中的龍騰斷橋遺跡。

眼前的龍騰斷橋，暗紅色斑駁的橋墩，孤獨而驕傲的挺立溪谷，像個偉岸的巨人仰天呼喊，彷彿看見夸父飛奔而來，又彷彿看見李潼站在橋墩上向我們微笑著。

帶我們來看《魚藤號列車長》書中所描述的三義景點的童家老四說：「我就不知道龍騰斷橋有什麼好看的，我們從小看到大，覺得沒什麼，可是每到假日就有一大堆人來看，常常車子排得好長好長。」

我停了一秒鐘，脫口而出：「我覺得有站在歷史場景的感動，你看那幾座紅色磚造的橋墩，圓拱形的線條多優美，它們站在溪谷中，被後面高大的山壁襯托著，只能用『氣象萬千』四個字形容，尤其是關刀山大地震的威力，從這幾座斷橋的橋墩，就可以感受到它的程度，恐怕比九二一還嚴重……」的確，對於住在名山的人而言，名山只是家旁的一座小山，但對遠道慕名而來的旅人，那分仰慕崇敬的心情很難用具體的語言表達。

龍騰鐵橋原是舊山線（或稱老山線）鐵路跨越龍騰溪谷的橋梁，造形優雅，有「台灣鐵路藝術極品」之稱，一九三五年四月二十一日關刀山大地震時，龍騰鐵橋受震斷裂，只剩下一座座孤立的橋墩遺跡，承載更多的美麗哀思，散發出飽經人世滄桑的歲月光華，難怪被喻為「舊山線第一名景」。

《魚藤號列車長》以荒廢的老山線鐵道做為故事場景，龍騰斷橋是老山線鐵路傲人的建築遺跡，當然不能缺席，李潼在書中寫道：「二十世紀初，日本人建造台灣縱貫鐵路，在魚藤坪造了大鐵橋（一九三五年震裂的龍騰斷橋），地裡的魚藤乳汁流出來，迷醉了我們鯉魚村的風水鯉魚……」雖然著墨不多，但卻搭建了故事舞台，敲響了開場鑼鼓。

歪脖樹與鳳凰樹的對話

來到童先生老家，歪脖樹、鳳凰樹、玉蘭樹、芒果樹……彷彿從《魚藤號列車長》書中走出來，玉蘭樹下范翔的媽媽正包著香香的粽子、芒果樹下長海伯正用刀柄猛劈樹幹、歪脖樹下的太師椅、鳳凰樹下的「陰陽界秋千架」都有范翔搖晃的身影……

童先生指著這些小說中的場景：那矗立在禾埕入口近七十度陡坡上的歪脖樹，生機盎然，盛夏七月，海棠颱風剛掃過，它依然茂密翠綠，歪著脖子，擺出一臉親切的笑容。駁坎下高大的鳳凰樹，正伸長枝葉遮蔭樹下十來座墳墓，童先

■ 書中架設「陰陽界秋千架」的鳳凰樹。

生指著其中一座說：「我媽媽就在那裡。」

閱讀《魚藤號列車長》時，對書中所描述的「歪脖樹」和「陰陽界秋千架」特別感到好奇，也在心中描繪它的長相，到了童家看到真正的歪脖樹，止不住心情激動。

李潼在書中寫道：「歪脖樹在禾埕口，招鳥迎風、遮雨蔽日，有拱門的氣派，又有涼亭的寬容。」他也寫到書中的主角范翔在樹下「蹺腿、看風光、養傷、準備考試」，又在樹下搭設「具浪漫的南洋風情，可憑欄沉思，又可依偎懷想」的太師椅。

那棵懸掛著「陰陽界秋千架」的鳳凰樹，是童先生在民國六十年時手植的，如今已長成大樹，李潼寫道：「這秋千盪出去，飛在一座座墳頭上，盪回來又在滿地的鳳凰花瓣上，它屬於哪裡都不是，只搖盪在陰陽界，飄浮在藍天和土地之間，懸掛在過去與現在的空隙，游走在現實和幻夢的邊界。」我認為這是最貼近李潼心境的一段敘述。當然在真實的場景裡，鳳凰樹下並沒有這麼一副秋千架，但我相信，在李潼的想像世界裡，這副秋千架是確實存在的。

山村猶有絲竹聲

到鯉魚村拜訪，童先生夫婦和他的四弟帶著我們一一走過巴則海人禮拜的長老教會、范翔就讀的鯉魚國小、魚藤號列車走過的景山鐵橋、景山隧道、魚藤坪、龍騰斷橋、勝興車站，每一處場景都在我心裡打一連串的驚嘆號。

《魚藤號列車長》的故事就在這混居著客家人、河洛人、平埔族巴則海人的鯉魚村上演，開車經過時，童先生指著下坡山路說：「這就是柳景元跌倒的大斜坡，靈車就是從那邊經過，把柳

■ 橫跨在景山溪上十二樓高的景山鐵橋。

景元載到醫院急救，那邊就是市廛居。」我聽得頭皮發麻，感覺我們好像潛入李潼的心思，構想一幕幕書中的情節。

李潼寫作擅長從生活中取材，但像《魚藤號列車長》這麼貼近現實的卻是少見。童先生告訴我們：「書中的阿信牯被拐走，這是真實事件，只是我們的老四沒有真的被帶走。」

老四的頸上掛著葫蘆絲，那是一個小葫蘆下並列著兩根笛子的樂器，從他回到童家，就聽到他不時吹奏著這支葫蘆絲，我們到鯉魚村各地轉悠，他的葫蘆絲不曾離口，走到哪兒吹到那兒，就連站在景山鐵橋上，他都吹個不停。

童家兄弟愛好音樂，組了一個雁門堂絲竹雅集，曾在李潼的追思音樂會中演出，童先生說，他們的團名也是李潼取的，因為雁門堂是他們童家的堂號。他們的話題始終不離音樂，晚飯後，他們就在禾埕合奏起來。早上天剛矇矇亮，又聽到他們在討論哪一首曲子怎麼演奏，童先生拉二胡，童太太彈琵琶，童家老四則精通各種樂器，一會兒葫蘆絲，一會兒柳葉琴，古典樂曲、流行歌曲，他們演奏起來都有模有樣，清脆悅耳。

我心裡浮起「山村猶有絲竹聲」的畫面，童家人優雅的氣質，想必是從這愛好音樂的氣氛裡孕育出來的，難怪李潼為魚藤號列車設計的通車大典裡就有：范翔的二胡和竹笛、馬各的手風琴和陶笛、薔姊的小提琴和口琴、阿茲的薩克斯風合奏〈天賜歡樂〉。

一趟苗栗三義的鯉魚村之行，讓我身歷其境認識李潼筆下《魚藤號列車長》的場景和人物，解開一串串的問號，而那一捶捶的心痛卻在徜徉鯉魚長谷時化作深深的感謝：「李潼把最好的留給我們」，跟我們分享他告別人生舞台上最後的思考，回答「抽象的思維和情感停放在哪裡？」的終極問號，我相信，這是李潼一生寫作最真實觸及到人生底層的書寫，《魚藤號列車長》是他生命最後一擊的全力演出，也是李潼為自己所寫的輓歌。

■標高402.326公尺的勝興車站是老山線鐵路海拔最高的車站，有碑為證。

李潼作品集
魚藤號列車長

2010年8月二版 定價：新臺幣280元

著者 李潼
發行人 林載爵

出版者	聯經出版事業股份有限公司
地址	台北市基隆路一段180號4樓
編輯部地址	台北市基隆路一段180號4樓
叢書主編電話	(02)87876242轉213
台北忠孝門市：	台北市忠孝東路四段561號1樓
電話：	(02)27683708
台北新生門市：	台北市新生南路三段94號
電話：	(02)23620308
台中分公司：	台中市健行路321號
暨門市電話：	(04)22371234ext.5
高雄辦事處：	高雄市成功一路363號2樓
電話：	(07)2211234ext.5
郵政劃撥帳戶第	0100559-3號
郵撥電話：	27683708
印刷者	五洲彩色製版印刷股份有限公司
總經銷	聯合發行股份有限公司
發行所：	台北縣新店市寶橋路235巷6弄6號2樓
電話：	(02)29178022

叢書主編 黃惠鈴
美術設計 王儷穎

行政院新聞局出版事業登記證局版臺業字第0130號

本書如有缺頁，破損，倒裝請寄回聯經忠孝門市更換。 ISBN 978-957-08-3658-5 (平裝)
聯經網址： www.linkingbooks.com.tw
電子信箱：linking@udngroup.com

國家圖書館出版品預行編目資料

魚藤號列車長/李潼著．二版．臺北市．
聯經．2010年8月（民99年）．288面．
14.8×21公分．（李潼作品集）

ISBN 978-957-08-3658-5（平裝）

859.6 99015026